秋花

北村薰日常推理代表作

[日] 北村薰 / 著

刘子倩 / 译

贵 州 出 版 集 团
贵州人民出版社

著作权合同登记号 图字：22-2024-150 号

图书在版编目（CIP）数据

秋花：北村薰日常推理代表作 /（日）北村薰著；
刘子倩译 . -- 贵阳：贵州人民出版社，2025. 4.
(S 文库). -- ISBN 978-7-221-18939-4

Ⅰ . I313.45

中国国家版本馆 CIP 数据核字第 2024KN5112 号

QIUHUA（BEICUNXUN RICHANGTUILI DAIBIAOZUO）

秋花（北村薰日常推理代表作）

[日] 北村薰 / 著

刘子倩 / 译

选题策划	轻读文库	出 版 人	朱文迅	
责任编辑	张 芊	特约编辑	杨子兮	费雅玲

出 版	贵州出版集团　贵州人民出版社	
地 址	贵州省贵阳市观山湖区会展东路 SOHO 办公区 A 座	
发 行	轻读文化传媒（北京）有限公司	
印 刷	河北鹏润印刷有限公司	
版 次	2025 年 4 月第 1 版	关注轻读
印 次	2025 年 4 月第 1 次印刷	
开 本	730 毫米 ×940 毫米　1/32	
印 张	7.25	
字 数	129 千字	
书 号	ISBN 978-7-221-18939-4	
定 价	30.00 元	客服咨询

秋の花

目　录

第一章

1

当百货公司外墙垂挂的条幅上跃动的拍卖、折扣等广告字眼前添上了"秋"这个枕词[1]时，清风如同调皮小孩般一溜烟蹿过街头，我们正处于漫长的暑假与文化祭之间，上起课来心不在焉。

穿着深蓝色牛仔裤和鲜艳横纹衫的小正，这期间就在我家过夜。

小正的全名是高冈正子，从南方的神奈川县到东京上大学，和来自北边县市的我方向正好相反。

南辕北辙的差异不止于此。就拿牛仔裤来说吧，我呢，总是选择最普通最不碍事（虽说牛仔裤也不可能碍事）的款式，而小正却硬要穿超级紧身的烟管裤。

---

[1] 和歌的修辞法，詩そのものの意味とは直接関係ありませんが、仅用来修饰一定的语句。（若无说明，本书脚注均为译者注）

秋花

我端着茶具上楼，只见她坐在窗边桌前的椅子上，高傲地交抱着双臂。窗外，传来忽远忽近的虫鸣。

"你真没规矩。"

"贵客"把她又细又长的双腿朝我这边笔直伸来，身体呈三十度倾斜。那个坐姿与其说是高傲，毋宁说是懒散。她每次靠着椅背，总会慢慢往下滑，最后变成这副德行。

我把端来的托盘放下。然后，从角落拿起家长以前在筑波万国博览会买给我的白兔布偶，放在她交抱的双臂底下。

"干吗？"

白兔弟弟咕噜咕噜地滚下去。我在小正的脚踝边、橘袜上方拦住了它。

"你这个姿势正好可以当滑梯。"

然后，我把兔子交给小正，开始泡茶。我的房间是和室，只有桌前半张榻榻米的空间铺着灰樱色地毯。当然，那是怕椅子磨坏了榻榻米。

"过来这边坐嘛！"

我说道，并在摊开的小桌上排放两个茶杯。茶是烘焙过的粗茶。我们刚在房间安顿下来，小正就突然冒出了一句"好想喝烘焙茶"。

小正把手伸进兔子里，兔子也可以当成手指玩偶。然后，她一边捏尖嗓门说"过——来——这——

边——坐——嘛"，一边让兔子蹦蹦跳。

"被你这么居高临下盯着泡茶，那我岂不是成了'丫鬟'？"

"哎——哟，原——来——是——'丫——鬟——'小——姐——"

这段对话真无聊。

"你该不会是专程来表演人偶剧的吧！"

仿佛被茶香吸引，小正这时候终于缓缓起身。

"江美现在，应该正在努力练习吧。"

"我想也是。"

我们还有个参加人偶剧社团的朋友，她叫吉村江美。我们三人从大学入学就是好朋友，不过，江美竟然在就学期间结婚了，这个暑假一直待在九州陪她家那口子。除了有点嫉妒，我也深切体会到"原来朋友结了婚，就会被老公抢走"。

因此，这个夏天，江美没参加人偶剧社团的地方巡回公演。说是巡回公演好像有点奇怪，实际上，她的社团每逢长假都会在几个地方停留表演。这次，江美直到新学期开学才回来。仿佛是为了弥补之前没参加社团活动，最近文化祭将至，她天天都在社团练习到很晚。

不过，经我仔细盘问，好像是因为演出当天正逢周末，她家那个大块头会从九州赶回来。他今年刚毕业，是那个社团的学长，来看表演确实天经地义，总

秋花

之，我们站在局外人的立场只能耸耸肩，说声"小两口好恩爱"。

"我——要——开——动——了——"

小正让兔子规矩地行个礼，就把它脱下来，拿起茶杯。

2

小正来的时候戴着帽子。现在，帽子和包包放在一起，我看着她的帽子问："小正，你知道'小正帽'吗？"

"知道啊。"

她兴趣缺缺地回答。

头顶上有颗圆球的毛线帽就是小正帽，据说它源自某漫画的主角(2)。她自己叫小正，想必对这个名称已经听腻了吧。

小正戴的当然不是那种帽子，而是与牛仔裤成套的丹宁布男帽，跟她那张有点像古装剧美男子的脸倒是很搭。

我抓起那顶帽子往头上一戴。

"哎，你看，被我一戴，就像女生的帽子吧？跟

---

(2) 1923年，桦岛胜一的漫画《小正的冒险》的主角戴这种帽子，带动了当时的流行风潮。

你戴起来的感觉完全不同。"

"讲什么鬼话啊!"

她故意语气粗鲁。

"不敢,小的没别的意思。"

"哼!你还不是成天打领结,简直像去喝喜酒。"

附带一提,江美的喜宴是日式的。小正凛然挑眉,补上一句:"别人说也就算了,没想到这种话会从你嘴里冒出来。"

这是手足相残。

"我的意思是,你今天'穿得很潮',看起来清爽利落。唉,小正。"

"干吗?"

我一边用食指稍微顶起帽檐,一边说:"真可惜。你如果念的是女子高中,绝对很抢手。"

小正被刚喝进嘴里的茶水呛到。

"……你这人有神经病啊。在女校抢手有什么用?"

"学妹会送你巧克力哦。"

"呜,恶心。"

"只是好玩嘛。"

"废话。"

"小正,你有没有送过谁真爱巧克力?"

"讨厌,那种事不重要吧。"

"哦——我懂了。你害羞的样子真可爱。"

我支起胳膊倚桌凑近盯着她。小正大概见形势不利，连忙转移话题。

"女子高中给人的印象好像很优雅，其实进去以后并不尽然吧。"

"嗯嗯，有些地方其实很粗鲁，而且都是女生，也很容易变得厚脸皮。如果有年轻男老师在我们刚上完体育课后想进教室，我们还会说'正在换衣服'，死活不让他进来。"

"其实你们早就换好了吧！"

"对啊，老师在走廊上不知所措。"

"这是欺负人吧。"

"我们班还有人拿袜子对老师做文章呢。"

"袜子？"

"对，故意坐在最前排。如果来的是年轻老师……"

"专挑年轻的下手也太卑鄙了。"

"没办法，如果不是年轻的根本不会被吓到。那就不好玩了。"

"真可怕。"

"我同学就坐在前排不停打量老师的袜子。有一天，还没开始上课，她就举手说：'老师，你穿的是昨天的袜子吧？'"

"结果呢？"

"老师脸都红了，结结巴巴地辩解说：'不是，这是……'虽不知道是真是假，总之'袜子'小姐的目的达到了。"

小正叹气："她就是赌那一瞬间，可真是颓废的热情啊！"

"不过，那是个开朗的好女孩哦！"

我拆开柿种米果袋口的金色绳子。虽然米果随处都买得到，但这袋不一样，它来自原产地越后[3]。这个夏天，我跟姐姐去了趟新潟，当时姐姐买了这个当伴手礼。

大罐里有几袋柿种米果。本来数量多得惊人，随着秋天来临，也只剩下最后一袋了。

然后，我把小正带来的家乡特产——花生，也倒进盘子里。

3

"这两种混着吃真是神了。"

小正边动嘴边说道。

这个搭配不仅经典，也的确能让食用者欣然接受。它不是威士忌加水，是米果加花生。

就这样，不知是命运之神的哪种安排，生于新潟的柿种米果和产于神奈川的花生在我家的盘子上结为

---

[3] 日本新潟县的旧称。

连理。

我一边咀嚼，一边说："说到切身体验女子高中的厉害，是在我高一那年的这个季节。"

"哦？"

"当时，我是学生会的干部。所以文化祭结束后，我是受理各班会计的窗口。"

"哦，就是检查各班摊位的营业额是吧？"

"对啊，各班班代表把会计袋送过来。学生会办公室在二楼，午休时间和放学后我都在那里留守，负责收会计袋。袋内有明细表，各班如果有收入，里面会装现金。"

"那种工作很伤神。"

"对，因为涉及钱嘛。然后，有两个高三生进来，把袋子交给我，我开始核对数字和现金。这期间那两人一直在交谈，我听到其中一人管另一个绑辫子的瘦脸女生叫'江暮'。我核对完毕说'可以了'之后，才发觉少盖一个章。等我抬起头时，那两人已经走到门口。我情急之下大喊：'对不起，请等一下，江暮学姐！'结果，那个绑辫子的女生转过头来，表情很可怕。"

小正边往茶壶添热开水边说："哎呀呀。"

我继续："正在窗边吃便当的副会长笑着说：'你就原谅她吧，这个学妹又不知情。'"

"什么意思？"

"唉,我向来粗心大意,老是把人家的绰号当成本名。"

小正笑了一下,替我添上热茶。

"说到这里,我想你也猜到了。'江暮'[4]其实是绰号,她很瘦,于是别人都这么叫她。因为她的体形,从臀围、腰围到……"

"她没胸部。"

"答对了。不过我当场叫出了声,'没胸部'也就算了,居然用'洼地'来形容,太过分了!这么夸张的称呼竟然通行无阻,我算是见识到什么是女子高中了。当事人被同学这么喊也就默认了,但是突然被学妹这么喊,就很不高兴。"

"'喂——洼地。''干吗——'"

"你干吗指着我?"

"没别的意思。"

小正若无其事地吃米果。

"女校的确有那种风气。如果在男生面前天天被这么喊,八成会很沮丧,大家都是女生就无所谓了。反过来说,正因为可以不必故作文雅,反而比较轻松。"

"你这个过来人都这么说了,大概就是这样吧。"

"说到这里,有一本书叫作《福楼拜的鹦鹉》,里

---
(4) 发音为Ekure,与洼地同音。

秋花

面有一章是《布拉斯韦特的庸见词典》。"

"哦?"

小正露出"你又有什么惊人之语"的表情。我径自往下说:"虽说引用这个词典好像证明自己真的很'庸俗',不过福楼拜[5]的朋友路易·布耶对平胸女孩是这么说的:'当胸很平的时候,你就距离心脏更近了。'[6]"

"我看那家伙不是大好人就是超级讨厌鬼。"小正用一句话结束了这个话题,"那,你一直都在学生会当干部?"

"嗯,直到高三那年文化祭结束。"

"一直负责会计?"

"不,当初是老师叫我帮忙编辑学生会刊,我才被拉进去,编辑才是我真正的工作。高三时还兼任宣传组长,事情超多。随着文化祭的逼近,我必须不断制作新的宣传单,忙得头晕眼花。"

"但还是很怀念吧?"

---

[5] 福楼拜(Gustave Flaubert,1821—1880),法国现实主义作家。他在中学期间认识了美丽的少妇埃莉萨,而这份爱恋一开始便注定没有结果,福楼拜将这份情感转移至作品《情感教育》中。1856年,他的大作《包法利夫人》在《巴黎杂志》连载,因内容太敏感被指控为淫秽之作,诗人拉马丁告诉他,"在法国没有一个法庭能定你的罪"。果然后来经法院审判无罪,他开始声名大噪。

[6] 引自译林出版社2021年出版的《福楼拜的鹦鹉》中译本,译者但汉松。——编者注

"的确。"

"刚毕业时还会带着慰问品回母校参加文化祭吧？"

"嗯。"

"今年呢？"

我摇摇头。小正颔首，说："过了三年，也差不多该'断奶'了。"

我的视线略微低垂。的确，去年我也没返校露脸。不过，今年的情况不同。

"就算想去也去不成了。"

小正纳闷地问："出了什么事？"

"文化祭取消了。"

虫鸣渐深。

4

"可是，文化祭是学校最大的活动吧？"

"对啊，我当过学生会干部所以很清楚，光是预算就超过百万元，筹备时间至少半年，投入的精力加起来难以想象。"

"这样还能取消？"

"对呀，因为没办法嘛。不，不应该这么说。你知道吗？就在文化祭前夕，学校有人……"

因为涉及认识的人，我说不出那个直接的动词，可是兜圈子显然更不合适，所以我还是说了出口："有人死了。"

顿时，那个女孩刚上小学的模样，悄然浮现。

那年春天，大她三岁的我正就读小学四年级。在组队上学的集合空地前，有一道长长的大谷石围墙，从一旁射进来的晨光把空地照得灿然发亮。我抵达时，一位肤色白皙的新生背着亮晶晶的书包站在那里。一双细长的凤眼和轮廓分明的嘴唇相得益彰。她的五官恰到好处地融合了温柔与坚强，有一种蓦地令人着迷的魅力。

津田真理子

崭新的名牌上以平假名拼出全名，是一年级新生的典型特征。想必是她妈妈一笔一画用心写的，笔迹工整秀丽。

这时，另一个宛如小猫的圆脸新生蹦蹦跳跳地冒出来。她和津田同年，从小一起长大，小学、中学都同校。如今津田已不在人世，这女孩等于是津田的终生挚友。比起身材修长的津田，她矮了几指的高度。

名牌在她胸前跳动。

和泉利惠

"怎么回事？食物中毒吗？"

听到小正的声音，我仿佛在瞬间潜水后重新冒出水面。

"才不是。这件事报纸的全国版都登了，虽然篇幅只有一小块。我们这一带当然更轰动。老实告诉你吧，是半夜从学校楼顶摔下来的。"

"半夜？"

难怪小正会反问，女孩在那个时间留在学校本来就很奇怪。

"因为文化祭快到了，所以校方破例，学生会的主要成员可以留校集体住宿，这是传统。"

"慢着！坠楼的是学生会的人？"

"对。"

"那你应该认识……"她说到一半又改口，"啊，不过你都毕业三年了，学校那边应该没有你认识的人了。"

"不，我认识，从小就认识了。"

"咦？"

"她是附近邻居。津田一家，就住在前方第四个拐角那边。"

5

"我从小学到初、高中一直是她的学姐。初、高中刚好都是我在对方入学的那一年毕业。换言之，我们正好错过。小学生不是会组队上学吗？住附近的女生集合一起上学。在我四年级那年，有两名新生加入，其中一个就是津田，另一个也是邻居小孩，姓和泉。她们俩的感情好得有点离谱，那三年我们每天一起上学，所以我很清楚。在学校里也是，每次看到她们总是黏在一起。"

"她那个朋友也念同一所高中？"

"是的，考高中那一年，她们拎着饼干来我家，说是想了解一下报考学校的实际情况。我跟她们聊了很多。她们在确定录取时还一起过来向我道谢，说要'一起加入美术社'。"

"然后过一阵子也加入了学生会吗？该不会又是两人一起？"

"没错，或许是因为我跟她们提过吧。要是没加入学生会，也不会发生这种事了……"

小正一听，立刻回说："你不该说这种话。这样讲岂不是跟'要是不出生也就不会死'的论调没两样？更何况这样评论别人自己做的决定也不太合适。"

我嗯了一声点点头。小正有些无所适从地摆弄起茶杯，接着说："……这么一来，最震惊的当然是她爸妈，然后是她那个好友？"

"或许吧。葬礼上我瞄了和泉一眼，她看起来好憔悴，不像本人，倒更像是我认识的那个和泉学妹的'影子'。"

我把目光瞥向小正肩后。隔着铝窗玻璃，户外的电线宛如五线谱。比起仿佛用马克笔在天空写字的黑，夜色的黑有几分淡薄。秋天的繁星在电线之间闪烁。不久前还得开窗纳凉，随着季节更替，现在已经把窗户关上了。

想到这里，那个闷热夏夜的记忆同时苏醒。

"……今年夏天，我家附近举办庙会活动，我还与她们俩擦身而过。以前我初中时期还会逛庙会，上了高中以后就宁可在家看电视了。当时，她们俩正愉快地在路上走着。或许是念书念累了，出来透透气。总之，她们给我的感觉是'好青春啊'，让我挺羡慕的。当时我带着邻居小孩，她们俩还齐声高喊'是学姐的小孩吗'，然后放声大笑。她们无论是说话、停顿或发笑都默契十足，像事先约好了一样。"

小正以空灵般的声音说："那就是最后一面，是吗？"

"是啊。"

虽然认识，毕竟学年不同。对我而言，津田学妹是名副其实擦身而过的人。

我听到她的死讯时，惊愕多于悲伤。比我晚生的女孩竟然已不在人世，若我活的时间是一条线，那

15

秋花

么这条线的两端之间已包含了她在世的全部时间。不容置疑的事实令我难以接受，这或许是因为比我早生的人，因其人生有我看不到的部分，过去总感觉能无限延伸，可津田学妹不是，生命的有限性突然展现在我眼前，所以我很难接受。

"不过，那女生干吗跑到楼顶？"

"到现在还没查出来。我们高中的楼顶天台……或许哪里都一样，平时不开放，向来上锁，钥匙放在教师办公室。"

"我想也是。"

"可是，你也知道学生会的人经常使用学生会办公室或其他房间的钥匙，所以早就习惯处理这种事了，大家只要报备一声'我是某某某，想借某处的钥匙'，即可当着老师的面拿走钥匙。我想，她大概就是这样弄到钥匙的。"

"然后，半夜自己开门，上了天台。"

"这是唯一的可能。因为，据说钥匙还放在她的口袋。"

"原来如此。"

小正屈膝，十指交握。她的手指像琴键般排列整齐。我又说："报上是这么写的，事后也没有出现更正报道。"

"这么说来，她是准备好了才做出这个决定的吧。"

或许如小正所言是自杀，但我无法释怀。

"我也觉得怪怪的，时间和地点都很诡异，况且她好像也没什么烦恼，当然这只是听说。无论是文化祭的筹备工作还是课业，她都全身心投入。"

并非只有看起来像面临世界末日的人才会寻短见吧，或许烦恼是在心底最深处悄悄蔓生的。可是，我看过如小鸟般活跃的津田学妹，终究还是难以相信。

"如果是某种意外引发的事故，那我们就要回到开头，先问问她为什么在深夜跑去空无一人的天台了。不过，这种事若发生在男女同校的学校里，那倒没什么好奇怪的。"

"是啊！但问题是，那是女子高中。"

"该不会让校外的男生进来了吧？"

"那也太大胆了吧。当然，不能说完全不可能，但是半夜在女校约会简直太没情调了。况且有保安，那天晚上还有老师在学校值班。一旦这个男生被看到，就够闹得鸡飞狗跳了，还不如等到星期天再到外面约会。"

"那是理论上。"

"这话什么意思？"

"实际上，一旦建立了关系，即使星期天已经见过面，星期一还会想再见面。"

我嗤之以鼻。

"是这样吗？"

"就是这样。"

17

6

话题暂时中断，我把音量压低，听起了CD。

我是音痴，唱起歌来荒腔走板，无药可救。这种滋味恐怕比会唱歌的人能想象到的更悲哀。不过我喜欢听歌，我选歌是旋律第一，专挑顺耳的歌曲。

我选了一张标题是《阿尔比诺尼的柔板》[7]的古典乐小品集。第一次听时，除了标题那首，其他曲子我都不熟悉，所以当J. A. 洛伦齐蒂的《加沃特舞曲》[8]响起时，我霎时吓了一跳，心想：咦？里面收录了《音乐瞬间》[9]吗？因为前奏一模一样，所以我印象特别深刻。

"我在家都放'Bulgarian voice'。"

小正说道。

"那是什么？"

"保加利亚民谣合唱曲。我在电视上看到的，觉得挺有意思就买了。结果，我爸探头进房间……"

"嗯。"

"他居然说：'怎么，这是恐山[10]的音乐吗？'真是让我无语。"

---

(7)　阿尔比诺尼（Tomaso Albinoni, 1671—1750），意大利巴洛克全盛期的作曲家。

(8)　*Gavotte*，源自法国加沃地区的四四拍轻快舞曲。

(9)　*Moments Musicaux*，舒伯特的六首钢琴小品集。

(10)　青森县下北半岛的火山，据说死者的灵魂会聚集在此，是著名的灵修场所。

聊到这里，我催小正去洗澡，还替她准备了睡衣。小正比我高一点，不过应该穿得下。

小正在角落脱下橘色袜子，接着把双手放在牛仔裤上。她打算先换上睡衣再洗澡，我立刻发现了原因。只见她把手放在屁股上，像只蜕壳的虾，开始与超紧身牛仔裤搏斗。原来如此，在浴室前面不方便做这种动作。

"哇，好有趣的姿势。要我替你拍照吗？"

"——不准看。色女！"

"要我帮忙脱吗？"

"多——管——"

我跟着一起喊："闲——事——！"

7

隔天是个秋高气爽的好天气。

九点多了小正还在睡。我虽然也爱赖床，但今天有义务招待客人，所以一早就起来了。我看时间差不多了，就大喊"喂，起床了"，接着说"吃早饭，吃早饭"，向来任性的小正还半梦半醒，仍以霸道的语气嚷着"吃面包，吃面包"，简直像是去参观上野动物园的小朋友。

可是，当她换好衣服在餐厅与我母亲面对面时，

19

态度马上转变。

"打扰了。——哪里哪里，不敢当，每次都是您来照顾……"

说话方式向来跟男生一样粗鲁的她，这会儿好像被扔到乞力马扎罗火山顶或日本海沟，变得楚楚可怜。母亲在走廊上还说"真是个文静的小姐"。笑死人了！

"你可真是'豹变'。"

"因为我是'君子'嘛。"(11)

母亲一走，她立刻又恢复本性。

"来吧，自己的饭自己盛，你可不是'客人'。"

"好啦！"

从小正手里接过饭勺的我说："哎呀，这样不行，小正。"

"怎么了？"

"锅里的饭不能从中央挖。"

"为什么？"

"饭锅边缘如果留下一层饭，很容易变硬。看你这样，真的是餐馆老板的女儿吗？"

"哎哟，真啰唆。我早上基本吃吐司。"

吃完早餐正在洗碗时，我想起母亲昨天交代过，"玄关的日光灯坏了，有空去看一下"。

---

(11) "君子豹变"，出自《周易·革卦》。

"小正，过来帮我。"

灯管摆在高处，用院子里那张折叠椅垫脚还不够，可是高度又不到搬梯子或脚架的程度。我决定把厨房的椅子搬出去，待会儿再擦干净就行了。

我站在椅子上拆下灯罩一看，灯管还不算旧。仔细一想，记得冬天才换过。

"看来，是点灯器坏了。"

我从客厅柜子里找出新的点灯器，换下发黑的旧点灯器。一按开关，果然亮了。

一直抱着胳膊旁观的小正说："你真内行。"

"这种事哪有内不内行的，初中不就学过了。"

"有吗？"小正歪起脑袋，"这种事都是你在做吗？"

"我不做的话，没人会做。"

我重新装上灯罩，语带抱怨地说，小正听了咪咪地笑。我从椅子上回头，问她："笑什么？"

"这个啊，表示你爸妈很会使唤人。"

我大感意外。

"是吗？"

"对呀。等你做完了，再跟你说句'果然不能没有你'，你一定觉得很自豪吧。"

"嗯！"

"我就知道。"

"我的个性真有这么容易被看穿吗？"

秋花

"谁知道。不过，有一点我敢肯定，这是你最大的优点。"

难得被她夸奖。

小正在我下了椅子后脱掉鞋子站了上去，朝着秋天的晴空伸展身体。即便只是一把椅子，站上去也会感觉整个世界都变了，心旷神怡。

小正维持那个姿势，瞥向院子和大门，忽然咦了一声。

"怎么了？"

"信箱里有东西。"

她指向信箱。报纸早就拿进屋了，邮递员送信的时间还太早，可信箱里的确有一张白纸。

"或许是广告传单吧。"

结果不是。那个东西，令人一头雾水。

8

"亚当·斯密[12]在《国富论》中提倡自由放任主义。"

---

(12) 亚当·斯密（Adam Smith，1723—1790），英国哲学家和经济学家。他所著的《国富论》成为第一本试图阐述欧洲产业和商业发展史的著作。该书发展出现代经济学学科，也为现代自由贸易、资本主义和自由意志主义提供了理论基础。

"什么东西？"

"我也不知道。"

我把那张摊开的纸拿给小正看。

"是课本吧。"

小正从椅子上下来，一屁股坐下。的确是课本对开页的复印件，就内容推测，应该是高三的《政治经济学》中英国古典经济学的某一页。

"只有这里，有画线做记号。"

放在小正膝上的B4复印纸上，一个词被红色签字笔圈出，是"个人自由的利益追求，通过神的'看不见的手'可以增加社会财富"这段文字中的"看不见的手"。

当我的手指指向这五个字时，小正说："大概是为了背下来才特地画线的吧。八成是路过的高中生把这张纸放进信箱的，他们边走边看讲义，觉得已经记住了，发现这里正好有个信箱，因为不好意思扔在路边，所以顺手把它塞了进去。"

我后退一步，双手叉腰。

"……太奇怪了吧。"

"的确很奇怪。这世上怪事可多了。"

小正换个坐姿。

"想想看，如果为了背诵，应该写在笔记本上吧。直接复印课本也太奇怪了。况且，说到重要名词，这一页应该还有很多，比如'亚当·斯密''自由放任主义'或'国富论'……"

"我们以前用的版本好像译成'诸国民之富'。"

"那个不重要。总之，我刚才说的都是重要名词，而且包括'看不见的手'，你看，在复印件原文里就画线了，肯定是为了背诵才画的，这没问题。但复印之后为什么只有这个'看不见的手'用红笔重新圈出来了？"

"我怎么知道？！"

小正毫不犹豫地把纸还给我。

右页的亚当·斯密头像被涂上口红，还被添上了假睫毛。此外，上方的留白处画了一个女人的侧脸，注明是斯密夫人，其他地方也有一些像插图的涂鸦。

大概只是有人把随处可见的高中生课本直接拿去复印了吧。

"你家信箱居然被别人当成垃圾桶吗？"

我将那张纸折好，塞进裤子的口袋里。

收好椅子，我们被好天气引诱，跑出去遛遛。

"这地方真无聊。"

"怎么说？"

"一片平坦。既没有山，也没有海。"

"山或海本来就要出远门才看得到。中庸之道才是最基本的。"

我身为关东平原中央的居民，忍不住想替自己的城镇辩护，可是小正并不买账。

"还是大海好，宽广又浩大。"

这儿没有海洋也没有大河，不过古利根川倒是在附近。河的这一岸几乎都是住宅区，散步得往对岸的方向。我们决定去那边。

过了桥，我们一边聊着无关紧要的话题，一边循着田间小径走去。路旁有一片怒放的大波斯菊，为景致增添了季节的色彩。

稻农几乎将田里的稻子收割完毕，蓦然瞥去，一名中年男子正以规律的步伐走在残存的金色稻浪彼岸，下半身被遮住了，看起来像个只有上半截的假人。今天是星期六，想必对方任职于周休二日制[13]公司吧（附带一提，我们升大三以后，学科减少，选课时轻松多了，所以星期六才能在这里闲逛）。这是我早已见惯的情景。

"小正，你猜那个人在干什么？"

"大概要去某个地方吧。"

"你指的某个地方是哪里？"

"比如车站。"

"车站在反方向，那边一整片都是田地。"

"不然就是散步吧。"

"很接近了。"

"答案是什么？"

---

[13] 指每个月只有一周或一周以上能放两天假。——编者注

"你知道吗？我常常骑自行车去邻市的市立图书馆。有时候心血来潮，也会走这条路。一到傍晚，总会有四五个人走进田里，有时候是阿姨，有时候是高中生。"

"我问你答案到底是什么。"

"如果把稻子全部割光，就一目了然啦。他们在遛狗。"

"原来如此。"

"从这儿直到稻田尽头，根本看不出来，害我一直很好奇他们到底在干吗，直到看到狗的瞬间，我一拍膝盖恍然大悟，谜底揭晓了。现在只看到一个人，可能不觉得不对劲，如果人数再多一点，真的很诡异，因为只看到阿姨和高中生朝着没车站也没商店的方向走去。"

"其实那是小狗固定的散步路线吧。"

"对啊，从桥那边到车站不都是房子吗，也有车经过。所以如果要带狗散步，还是得往这边走。"

翩然飞来的红蜻蜓在稻穗顶端倏地停驻，止步的小正目不转睛地看着这一幕。我对着她的背影说："不过，无论做什么，在这世上能够一览无遗的事情本来就不多吧。"

"如果都能看到，哪里还活得下去啊！"

小正轻轻弯腰，在蜻蜓的那对大眼睛前伸指不停地转圈。

9

我在小正来访的前几天找到了这本《福楼拜的鹦鹉》，虽然很贵，我还是心一横买了。这本书作者是朱利安·巴恩斯[14]，他在每章采用了不同的叙事方式，风格奇特。我读后觉得有趣又心酸：有趣，是因为作者用多重视角来描述福楼拜；心酸，则是因为透过作者这种笔法逐渐加深了对故事主角的印象。

这本书既是作家论，又是一部真正意义上的小说吗？

不，说不定《包法利夫人》的作者渐渐隐遁，透过这种笔法看到的是故事主角本人。若真是如此，它无疑是本真正的小说。

比如，这本书里描述的福楼拜本人及他的作品、书信，统统可视为幻想的产物。虽然是大胆的假定，但我认为这本书还是可以成立，主角依然是活生生的。

不过话说回来，若对福楼拜的作品没兴趣，我根本不可能买这本书。至于我为何有兴趣，就说来话长了。

有时候，我们会对作家本人产生兴趣。对我来

---

(14) 朱利安·巴恩斯（Julian Barnes，1946— ），后现代主义文学作家，迄今为止著有长篇小说十四部和侦探小说四部，1984年的《福楼拜的鹦鹉》最为脍炙人口，是唯一一位获得梅迪西斯文学奖（《福楼拜的鹦鹉》）和费米纳奖（《尚待商榷的爱情》）的英国作家。他曾三进布克奖决选，并于2011年凭借《终结的感觉》获奖。

秋花

说，最具代表性的例子就是芥川龙之介[15]。我初中时看过他的《奉教人之死》，我就像一般初中生那样大受感动，接连又看了好几本。然后，我发现他从池西言水[16]深具鬼趣的俳句中，特地挑出这一句：

被蚊柱[17]当成基座的乃弃儿乎

可怕。我忍不住把书一合，愣了好一阵子。对于写诗的人，我这个初中生还一无所知。但是，那是"作家芥川龙之介引用的诗"，令我永生难忘。

后来，我读了《某阿呆的一生》。在"十四"有这么一段：

他在结婚翌日就对妻子发牢骚："你不能刚进门就乱花钱。"然而，"那句话"与其说是他的牢骚，不如说是姑姑逼他说的。他的妻子，对他自不用说，甚至也向他姑姑道歉。面前还摆着特地为他买的黄水仙盆栽……

---

(15) 芥川龙之介（1892—1927），日本小说家，号"澄江堂主人"，笔名"我鬼"。芥川龙之介在短暂的一生中写了超过一百五十篇短篇小说。作品关注社会丑恶现象，但很少直接评论，仅以冷峻的文笔和简洁的语言来陈述，让读者深感其丑恶性，这使得他的小说既具有高度的艺术性又成为当时社会的缩影。代表作有《罗生门》和《竹林中》等。
(16) 池西言水（1650—1722），俳句诗人。
(17) 夏季傍晚，蚊群聚集看上去似巨柱。

我想到的不是描述的事件本身，而是他至死都无法忘怀的"那句话"。

《奉教人之死》、池西言水的俳句，以及这段文章，交错缠绕，令我更想深入了解这个人。

但是说到福楼拜，我几乎毫无这种欲望。

高中放榜后，我读《包法利夫人》打发时间，当时我觉得一点也不好看。高中时期，在发生某件事以后，我读了《情感教育》，然而我对这本书也没有留下任何印象。去年夏天，我读的是《布瓦尔与佩库歇》文库本。可能在阅读之前我就预感这本书会有怪异至极的悲剧，所以有点期待落空的失落感。

如此看来，我简直像是福楼拜的坏读者代表。若问我真的"看过了"吗，我没自信给出肯定的回答。

心无杂念的孩提时代，看书时有一种如今已无法体会的忘我乐趣。故事里的森林深不可测，繁星遥不可及，我在心底与书本一同欢喜哀惧，那是一种无可取代的幸福。

然而，随着年纪增长，这种乐趣少了一点，取而代之的是看得懂以前看不出来的东西。

孩子具备超乎大人想象、不容忽视的感性和知性，同时也有些地方少根筋。记得我上幼儿园时，一闯祸就捏造复杂的借口以便脱罪，拼命解释"是因为发生了这样、那样的事"，常常惹母亲大发雷霆。当时我真的觉得很不可思议，大人怎么会发现我说谎呢？现在想想，当我在外面玩得太晚，努力辩解是因为遇到一个戴海狸皮帽的大叔在寻找一栋开着七彩紫罗兰的房子，所以我陪他一起找之类的理由（当然还不至于那么夸张），大人怎么可能相信。

邂逅《包法利夫人》是在不算是儿童的初三那年，现在重新翻阅这本书，我还是觉得当时的年纪太小了。当然，我并不是指不懂男女关系。

若硬要追问，大概是这样：我看书几乎不曾半途而废。可是，这个秋天阅读《堂吉诃德》，我却怎么样也看不下去。因为我越看越害怕，这与当初看池西言水俳句的恐惧不同，却又有点相似——我怕的是以这种眼光看待事物的塞万提斯[18]这个人。我无法接受。

然后我想，如果现在读《包法利夫人》不知会怎样，可能在某种程度上还是有阅读《堂吉诃德》时的感受，不过应该不至于看到一半就看不下去吧。说句冒昧的话，我想那大概是我的成长。

说到这里，我想起作者那句有名的"包法利夫人就是我"，他说的应该没错。我作为读者也会说同样的话，但是我对女主角爱玛无法产生共鸣。的确，"包法利夫人就是我"，但我不是包法利夫人，这不是一种修辞手法，而是真实的感受。

---

[18] 塞万提斯（Miguel de Cervantes Saavedra, 1547—1616），西班牙小说家，现实主义作家、戏剧家和诗人。

同样，包法利夫人当然代表了福楼拜，但我不认为福楼拜就是包法利夫人，所以我不想进一步了解作者。这才是作者与书中主角应有的关系吧。

显然，我对芥川和福楼拜的解读大不相同。

10

说到这里，看《情感教育》之前还有一段内情。事情是这样的——

小时候看过的书，有些连书名和作者都忘了，只留下宛如夜里远方灯火般的强烈印象。阿尔斯社出版的《日本儿童文库》中有一本就是这样。

（说这种话，别人八成会怀疑我现在到底几岁吧！）

最近我还在神田看到过好几次《日本儿童文库》。它是昭和初年[19]出版的，我现在正好二十岁。小时候我去神奈川县的奶奶家过夜时拿到了这套书，当时我才小学四五年级。

当大人们聚在一起天南地北地聊了起来，而我觉得很无聊时，龙麿叔叔眼神和蔼，笑着走到我身边。因为他讲话动不动就用一些艰深字眼，所以我们家都

---

(19) 约二十世纪二十年代。

偷偷喊他"汉语大师龙麿"。

叔叔带我穿过走廊，来到灰蒙蒙的偏屋。

在那间塞满各色物品的房间角落，有一张看起来年代久远的藤椅，后方并立着两个用布罩着的书架。叔叔掀起布，我眼前出现了一整排红色的书脊。

那是阿尔斯社出版的书。

"你还记得'耳食'吗？"

我乖乖点头。

"不能用耳朵吃东西。"

"对对对。"

叔叔高兴地点点头。他来我家时，我正在写老师规定的读书感想，于是他把"耳食"这个词作为心得告诉了我，意即无论书本、绘画或音乐，不能因为别人说好就认定是好的。就像听别人说一道菜好吃，自己也说好吃，这就是用耳朵吃东西。

这句话并不难懂，是个极浅显的比喻，却仿佛抢先一步预见了美食书泛滥的时代。

"叔叔小时候就是从这套文库学到了这句话，这是一位非常了不起的学者写的，他叫折口信夫[20]。"

叔叔抽出其中一本，立刻翻到那句话指给我看，像在吐露什么天大的秘密。

然后，他抬起那对很像父亲也很像我的单眼皮打

-----
[20] 折口信夫（1887—1953），日本民俗学与国学研究者。

量着书架说："这下子就不会无聊了吧。"

"嗯！"

当时，我单纯以为那是长辈在叔叔小时候买给他看的，事后想想时代不符，应该是更早以前的老一辈人看完一直摆在那里的吧。当然，我的父亲一定也看过。

我挑了几本，度过了充实的时光。当然，书中内文用的是旧假名，不过都标了注音假名，所以读起来毫不费力。

隔天，当我们必须回家时，我依依不舍地与那些书告别，像个结束短暂假期、丢下情人独自离开避暑地的千金小姐。

而其中有一个故事，深深抓住了我的心。

在众人祝福下诞生的领主之子朱利安，从老鼠开始逐一虐杀各种动物，渐渐发现了难以言喻的快感。他每次外出打猎都陶醉在中邪似的情绪中，夺取了成百上千的生命。有一次，他在强烈的狂喜中歼灭一大群鹿，杀了小鹿、母鹿，又将弓箭射向巨大公鹿的额角。大鹿忽然冲到朱利安面前，口吐人言，连说三次："被诅咒的人子啊，有一天你也将杀父弑母。"

朱利安蒙着脸，想到自己的命运不禁哀泣。

这个故事很像《俄狄浦斯王》。我在回家前连看了两遍，可见受到的冲击有多大。

看第二遍时，刚出生的朱利安在长牙之前从未哭过的这段内容令我浑身战栗、血液逆流。只要是婴儿都会哭，这孩子竟然不哭，这种反常的行为令我预见到他不寻常的宿命，感到紧张不安。

时间流逝，我已经上了高中。某个秋日，我在学校图书馆不经意翻开的文学全集中看到"圣朱利安传奇"这六个字时，紧张得连大气也不敢出，一直看到他与耶稣一起升天的最后一幕。那篇奇幻小说的作者就是福楼拜。

再看一遍，还是觉得厉害，不过长牙那一段的描写和我原先的印象不同，好像只是"出生的那一刻没哭"。

不管怎样，我决定再多读一些福楼拜的作品，所以才会翻开《情感教育》，然后继续进攻《布瓦尔和佩库歇》，再到《福楼拜的鹦鹉》。这就是所谓的缘分。

11

吱吱吱的高亢声音传进厨房，我放下看到一半的早报抬起头。

"是伯劳鸟。"

正在看电视报道谁结婚谁又离婚的母亲，露出意外的表情说："是啊！"

快中午了。上大三后，我已经没有一大早的课了，或许校方认为开课也没有意义。像今天，我只要下午一点多再出门就行了。

不过，我已经换好衣服，吃完了早午餐，这一顿饭很难定义，既像迟来的早餐又像过早的午餐。

"最近应该很少看到这种鸟吧？"

母亲又说了一声"是啊"，然后说："在你小时候，这附近经常能听到这种鸟叫呢。"

"是因为现在盖太多房子吗？"

"大概吧！"

我套上拖鞋走出门，再次听到划破天空的啼鸣。

在毁掉一半农田盖成的停车场前方耸立着高大的榉树。就在点点叶片开始转为红铜色的树梢附近，栖息着叫声恼人的主人。相隔虽远，还是看得到鸟尾不知为何频频抖动。

但我的视线很快从伯劳鸟移往它的下方。

停车场上几乎没有车。这个时段上班族都出门了，只有靠田地的那边停了一辆浑圆的蓝车，就像天空中有支巨大的钢笔，笔尖冷不防落的一滴墨水。

在车尾后方，可以看到一截穿着深蓝色校服的上半身，颜色比车身更深，那是个高中女生。她就坐在区隔田地与停车场、只砌了三层砖的矮墙上，膝上放的好像是书包。

我愣住了。

秋花

这是非假日的白天。穿校服的高中女生这个时段不该出现在这里。或许正因如此，那身影好像一幅神秘画作中的人物。女孩呆滞的视线飘飘忽忽地移向这边。

然后，她轻轻点头。

是和泉学妹。

我反射性地点头回礼，然后莫名地觉得不过去不行，立即迈步朝她走去。我穿着拖鞋，在铺满沙砾的停车场上寸步难行。

"天气真好。"

我若无其事地说道。不是我要摆出大姐姐的姿态，实在是她让我感到不安，忍不住想替她操心。和泉学妹只是牵动嘴角，回以微笑。

"不用上学吗？"

"下午才有课。"

考试期间，学校不到中午就会放学。可是，我不记得高三这个时期在过午之后才有课。我当然不敢确定，所以也就没再追问。

和泉学妹就这么默默地凝视我。

齐额的刘海下，那对双眼皮下的大眼睛异常闪亮。之所以给人一种奇异的不安感，可能是因为那两道与长睫毛形成对比的淡眉吧。这是我自津田学妹的葬礼以来第一次见到她。当时，她给我的印象就憔悴得令人心惊，随着时间的流逝，情况似乎不见好转。

不，应该说是每况愈下。

如果一一细数，她浑圆的脸颊并没有比那时候消瘦，白得抢眼的肤色原本就是天生的，衣服不见凌乱，头发也花了时间梳理得整整齐齐。但是，这些看起来都是如此空洞。和泉学妹剩下的，似乎只有那令人心疼的眼神。

我也在砖墙上并肩坐下。

"好暖和。"

我把手放在砖墙上说道。实际上，阳光很温暖，晒到太阳的水泥砖墙也暖和宜人。只要再过一个月，这种天气就可以用"小春日和"[21]来形容了。

和泉学妹默默点头。

我的手离开粗糙的砖墙，自然而然地插进裤子口袋里。

"啊——"

手指头碰到几天前那张"奇怪的纸"，我把它拿出来摊开。

"这到底是哪所学校的课本呢？"

正在努力找话题的我不经意地喃喃自语。和泉学妹扭过头，凝视那张纸半晌，最后闷声说："……是我们的。"

接着，她打开膝上的书包，取出《高等学校·政

---

(21) 指十一月进入初冬后的稳定天气。

治经济学》课本，手指翻到那一页。上面的笔记固然不同，但从铅字的排版和图片的位置一眼即可看出是同一本书。

"真的。"

我把在信箱里发现这张纸的事情告诉她。接着说："不过，不同的学校也有可能用同一本教科书。"

"不。"

和泉学妹凝视那张复印纸说道。她的视线似乎被固定在它上面了。

"啊？"

"是我们学校的。"

"你怎么知道？"

和泉学妹做了两三次呼吸，然后缓缓回答："这张纸，是从津田同学的课本复印下来的。"

12

我半天说不出话，觉得好像把一个不得了的东西拿给不得了的人看，有点迟疑接下去该怎么办。然而，与其忍受沉默还是开口说话来得轻松。

"你确定？"

和泉学妹抗议似的说："我绝不会弄错。"

"说的也是，你应该是最清楚的人。"

"无论是上面写的笔记、插图还是句子底下画的线，都是津田同学的笔迹。"

"这个红色记号呢？"

我指着被签字笔圈出来的"看不见的手"这几个字。

"不知道……不过，我想那应该不是。"

"只有这里的笔迹不一样吧？"

"嗯。"

"可是，为什么有人把这个送来我家……"

和泉学妹打断了我的话。

"我不知道。"

"是的，这一点我当然知道。"

伯劳吱吱的鸣叫声再度在附近响起。我挑眉说："好可怕的声音。"

"啊？"

"没有，我是说伯劳。"

"伯劳？"

和泉学妹的表情仿佛在追想昨日的梦境。

不会吧！不可能没听见吧。我把话吞回肚里，然后把那张纸折好，红笔圈出的那五个字从视野中消失。和泉学妹的眼神似乎还在追逐那几个消失的字。

"不过，这种复印本已经不可能出现了。"

她好像在故意卖关子地说道，然后陷入沉默。我忍不住好奇地问："什么意思？"

和泉学妹一边以黑鞋的鞋尖玩弄地上的沙石，一边断断续续地低声说："……她妈妈说，'想让她把课本一起带去'。真理子喜欢文科，也对社会科学感兴趣，所以老师就替她挑了语文、英语和政治经济学这三本。"

　　这些书已经被放进棺木中烧掉了。

　　那本书，已不在人间。

　　伯劳啼鸣。

第二章

1

在澄澈的空气中，我沿着河岸小径骑着自行车，一路奔向邻市图书馆。

图书馆位于百货公司这边。所以每逢周末，这一带都挤满了来自附近的购物人潮。

我用眼角余光瞄着车阵长龙，一路驶过车潮穿越人群，再把自行车停进停车场，锁上有点松的车锁，把钥匙放进口袋，走进图书馆。

今天，我是来与阿尔斯社的《日本儿童文库》重逢的。

它算不上什么珍本，我在神田旧书街看过好几次，只是一直没找到我真正想找的福楼拜那本。

没想到，目送小正离去的那天傍晚，我来这里一看，柜台上堆了几十本崭新的《日本儿童文库》，红色的书脊上烫着金色书名，非常壮观。我惊讶不已。

这当然是重印本，但我做梦也没想到，我居然能

41

在经常造访的图书馆看到这套书。

我迫不及待地询问挂着圆形名牌的女馆员："请问这是馆里进的书吗？"

"对。"

"可以外借吗？"

"可以。"

只是，她说还要花两三天的时间登记建档，所以我才会在相隔一周后的这个星期六过来借书。

图书馆的天花板很高，由成排仿希腊神殿的巨大圆柱支撑，四处还点缀着仿佛从米罗画作中撷取而来的现代雕塑。

从我以前念的市内女子高中过来，虽然得绕远路，但这条路通往车站。高中时期，我坐有轨电车上、下学，经常在放学后顺道过来。因此图书馆就像自家房间，熟得闭眼也能走。儿童书那一区就在入口附近，空间相当宽敞。适逢星期六，这里拥进许多小客人。在这一区小声交谈是被默许的，有些孩子在玩拉洋片，有些孩子在看故事书，还有一群小学生在桌上堆满图鉴，一脸认真地头碰头查阅资料。

我经过几个书架，最后找到写有"Quán Jí"的地方。用拼音标识真是太好了，《儿童文库》就在那里等我，全书超过七十册，幸好有别册索引，不用一本本翻开找。我根据"朱利安"这个线索查找，发现这个版本的译名是"朱利安圣者"，译者是中村星湖，刊载在《西洋少年少女小说集》。

我拿起第三十一册，一翻开插图就跃入眼帘。布局我记得很清楚，右边是大鹿，左边是朱利安，可是感受截然不同。

鹿在画面上占有更大的面积，相较之下，朱利安显得更卑微渺小，在我的记忆中，画面整体就像热浪蒸腾般氤氲晃动。想必是随着时间流逝，我对作品本身的印象渲染了记忆中的画面。

我耿耿于怀的那个"长牙"部分，在这个版本中译成"一声不哭地长了出来"。

我连同别册一共抱了四本，正在办借阅手续的柜台前排队时，后面忽然有人喊我。

2

"你现在还常常来？"

朝井老师依旧爽朗随和，手上拿着咖啡杯。

"您说图书馆吗？"

"嗯。"

他窸窸有声地啜饮咖啡。圆鼻头、粗框眼镜，和他五年前拉我加入学生会时一样，一点没变。开口说话时，脖子会向前伸长，微驼的模样也一如往昔。

"对呀，因为借书比较方便，还能顺便运动。"

"运动？"

"我都是骑自行车过来。"

"你精神真好。"

"老师也是。"

"……我才不好呢。"

朝井老师是那种碰上非做不可的事情时，只要熬上两晚即可轻松解决的人。在我们看来，他可是个"精力充沛"的老师。不过，由于之前发生的那起意外，再加上我们最后一次碰面是在津田学妹的葬礼上仅有的目光交会，所以我只是随口回了句"才没那回事"，然后端起红茶喝了一口。

老师带我到百货公司三楼的一家咖啡厅。一楼大厅做了挑高，所以咖啡厅相当于悬空架在上方。透过玻璃墙可以清楚看见底下的样貌：马赛克拼图的地板上涌过一波又一波的人潮，里面有蹒跚学步的孩童，行色匆匆的西装男，站在原地互相拍肩的身穿水手服的女学生，穿着沉稳的衬衫、枯叶色调的开襟外套的人。

"你几岁了？"

"马上就要二十一了。"

"时间过得真快，这表示我也老了。"

虽是普通的感慨，但老师像在看着远方述说。他的语气充满疲惫，好像在渴望重新来过。

我不得不联想到津田学妹的意外。

照理说，光是这样想，就不敢再针对相关部分追问下去了。可是几天前，我亲眼见到和泉学妹那种仿佛踏入另一个世界的模样。

于是这句话脱口而出："和泉学妹在学校怎么样？"

老师略微挑眉，顿了一会儿，才把脸凑近我，说："不对劲吗？"

当然，老师是问家里的情况。他很认真。

"对啊，看起来好像很恍惚。我认为暂时的失魂落魄很正常，可如果再不赶紧恢复正常的生活，恐怕不太好。"

老师默然无语，最后从西装口袋掏出快压扁的烟盒。

"可以抽烟吗？"

"请。"

老师把烟叼进嘴里，双手在长裤和西装口袋摸索，动作很慢。然后，终于摸出印有某家店名的一次性打火机点烟。

拼木圆桌上放着一只黑色方形烟灰缸，老师一边把烟灰缸拉到面前一边说："事发后的两三天，她虽然脸色惨白，还是来到学校。之后，好像什么东西咔嚓折断似的，她突然开始请假。也难怪，因为我听学生说她们俩从小一起长大。她的班主任也很苦恼，因为津田与和泉同班……"

秋花

"这样啊。"

"是啊，光是这样就够老师伤脑筋了。先是津田出事，接着又是和泉。她们的班主任还年轻，拼劲十足，可是唯独这种事光靠热情是没用的，连我都不知道怎么做才能帮到和泉。"

老师的嘴角飘出青烟。

的确。如果说声赶快复原就能恢复原状，大家也不用这么辛苦了。老师一边掸落烟灰，一边继续说："现在，和泉眼中只看得见一件事，所以当务之急应该是扩展她的视野。我想，跟她说'回来上学'或'现在是毕业前的紧要关头'这些话都没有用。"

老师好像在说给自己听。

"……她喜欢画画，就算暂时不来上学也没关系，我希望她至少去美术馆之类的地方走走，不要只看自己的内心，也看看外面的世界。"

3

我把之前与和泉学妹坐在砖墙上交谈的事告诉老师，老师重重点头。

"你做了件好事。和泉现在很需要一个说话对象，也许因为你不是学校的人，和泉才肯开口吧！"

"我也这么觉得。"

"如果下次还有这种机会，你就跟她聊聊好吗？"

"好。"

我当下答应。可若真要这么做，我对那起"事件"也未免了解得太少。

我偷偷瞄了瞄四周。隔着观叶植物，有两名中年妇女正在专心聊天。我小声说："到底是怎么回事？"

老师抽了几口烟，然后把剩下的半支烟摁进烟灰缸。

"我也不清楚。总之，我目前知道的是这样——"

老师那张戴眼镜的脸凑近我，开始娓娓道来。

"按照往年的惯例，同学分组以后，大家在集体宿舍和学生会办公室分头作业。津田与和泉是装饰组，最重要的工作就是布置门。"

在学校正门内侧，每年都会由学生设计一道栅门，那就是母校所谓的"门"。

"骨架已经搭好了，只要在夹板上作画，再把板子钉上去就行了。她们把板子放在中庭，赶在天黑前一边指挥学妹一边工作。"

记忆重现。当文化祭的日期逼近，音乐社的合唱如潺潺小溪流经校内时，身穿运动服的文化祭筹备委员在中庭展开作业。他们拿着油漆罐和刷子，依照那年定案的设计，朝厚木板刷油漆。一年级新生负责打底。那些木板的面积不小，单调的刷涂动作很无聊，可是，若因偷懒涂得厚薄不均，一眼就看得出来。年级越高的学生越有资格涂比较有趣的部分。

从铅笔勾勒草图到完工要花四五个工作日，每次都是星期六在集体宿舍揭开序幕。

"天一黑，板子收起来以后，她们就比较轻松了。路标之类的指示牌也交给学妹处理了。她们俩还在打打闹闹，把我都惹恼了。"

"当时没有任何异常吧？"

"完全没有。"

"这两人果然形影不离。"

"对，就跟往常一样。"

"可是津田学妹是一个人去天台的。"

"没错。"

"该不会是去跟谁碰面吧？"

与小正的对话依然留在我的脑海里。老师惊讶地挑眉。

"当然，我不知道津田为什么去天台，不过至少她坠楼时并没有其他人在场。"

"这一点可以确定吗？"

"对啊，因为通往楼顶天台的门是从另一边锁住的。事发后，校方在用备用钥匙开锁前，一直派人在门口留守。当时并没有人从天台下来，门打开后那儿也空无一人。"

4

"按照往年惯例，预定流程是九点结束作业，十一点熄灯。不过，学生们收拾善后什么的，拖拖拉拉搞到快十点，接下来就是自由活动。他们本应该刷牙并立刻就寝，实际上并非如此，有人跑去餐厅前的自动贩卖机买饮料，也有人迫不及待地玩起扑克牌，每次都是这样。校方也睁一只眼闭一只眼，只要大家在十二点以前就寝就行了。至于集体宿舍那边，我请值班的有川老师留下，自己先到校区巡逻。"

老师循着记忆之线缓缓叙述。

"当我走到教学楼附近，不经意地抬头看月亮，竟然看到楼顶有个人影一闪而过。那人穿着运动服，好像是学校里的学生。我心想大概是太兴奋才会爬到那种地方吧，真是个疯丫头，于是立刻跑回集体宿舍拿钥匙。"

"门是锁着的吗？"

"当然。平时都是保安在固定时间上锁，那天因为学生在二楼的学生会办公室待到很晚，所以钥匙由我保管。晚上十点多，我把大家都赶去集体宿舍后就把门锁起来了。"

"既然如此，学生应该进不去啊！"

"喂喂，你知道教室里有多少窗子吗？当然，我大致上都巡视过了。可是，如果打算趁自由活动时潜入，事先把某个锁打开，那我怎么可能发现？就像这

49

一次，事后全面调查才发现，津田那班的教室窗户没锁，从阳台便可以轻易翻入。"

三年级的教室主要都在一楼，年级越高，教室越往下移。这样比较轻松。

同样的建筑物有两栋，一楼的出口分别上锁、各自独立。不过，二楼有走廊相连，只要找得到地方进去，还是可以一路直达楼顶。

"然后我拿了钥匙，跟有川老师解释原因。我走进玄关时不可能一声不吭，所以也向保安打了招呼，最后变成三人一起上楼。我打开楼梯间的灯，每层楼被逐一点亮，走廊显得特别阴暗，那感觉很诡异。外面是明亮的月夜，内部更显昏暗。我轻轻转动顶楼那扇门的门把，才发现门是锁着的。我说：'这是故意不想让人进去。'有川老师说：'真的有人？'显然没错，我一敲门……"

老师说到这里，缓缓摇头。

"这辈子我再也不想听见那种声音。"

坠落声传来。我移开视线，忍不住看向楼下大厅，那落差令我心惊。明明前一刻还能天真地凝视那幅景象，就像在偷窥玩具箱一样。

"我不知道发生了什么事，我看到的人影只有一个，但我连现场到底有几个人都不知道。万一是学生打架闹事，说不定还有人会跟着跳下去。于是，我请有川老师暂时留在门口。保安拿了备用钥匙从一楼回

50

到顶楼，我从玄关走到外面。为了谨慎起见，我先看向教学楼前方，别无异样。我记得那声音好像来自中庭，于是马上绕过去。结果，你知道吗？在中庭的阴暗处，没有花坛的那块区域，就在那里……发现了津田。"

如果从楼顶坠落，不管掉在哪里都不可能活命。如果是一楼教室前的花坛，那里应该盛开着大波斯菊和石竹花，而津田坠落的地方却是对面冷冰冰的灰色水泥地，情景想必更残酷。

5

"我好像在原地愣住了，就这么恍神了很久，直到楼上有人喊我，我才惊醒。说不定已经喊我老半天了。我抬头一看，一半的天空被教学楼的黑影遮住，剩下一半是繁星点点的月夜。星星硕大得反常，闪闪发亮。天台上衬着那个背景，从边缘冒出两颗黑脑袋，一边朝我挥手一边高喊，是有川老师和保安先生。"

"门打开了吧？"

"嗯，这时候我才回过神，拔脚就跑，打玄关前的电话叫救护车。虽然津田的身体怪异扭曲，怎么看都像当场死亡，但我心想，怎么可能有这么荒唐的事啊？不久前还笑嘻嘻的津田，居然再也不会动了，太荒唐了！"

"其他学生呢？"

"接下来，我也开始担心了。我是气冲冲跑出来的，后来又尖叫，其他人不可能没听见。总之，我不想让学生看到津田的遗体。我回到中庭，有川老师和保安先生已经下楼了。同时，在走廊另一端，隐约可见学生的身影，三三两两聚在一起，望向我们这边。这下我可慌了，连忙跑过去，叫她们回集体宿舍待命。学生会长结城着急地问我'那是谁'。被她这么一问，我不禁回头，就在有川老师他们面前，津田像个被抛下来的洋娃娃，横躺在地上，即便远眺，在月光下也看得很清楚。我用强硬的语气警告结城'别多问，快回去'。这时，有人说'津田不见了'。顿时，又有人蹒跚地朝中庭迈步走去。我知道，那个人八成是和泉。我大吼'站住，不准过去'，结果才碰到她手臂，她就像散了架似的颓然昏倒。"

我眼底倏然浮现那对小猫般的眼睛，一脸难过。

"我就这么抱起和泉，一路送到集体宿舍，感觉像是同时抱起了津田。虽然和泉长大了，可是这么一抱，只觉得还是个孩子。这样的孩子为何非得遭遇这种事不可？想到这里我就不甘心。"

一楼地图

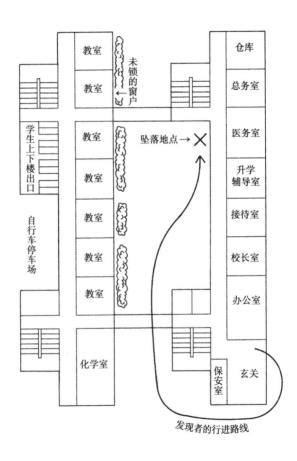

教室

教室

未锁的窗户

仓库

总务室

医务室

升学辅导室

接待室

校长室

办公室

坠落地点→✕

教室

教室

教室

教室

教室

学生上下楼出口

自行车停车场

化学室

保安室

玄关

发现者的行进路线

秋花

6

老师一边喝着剩下的咖啡一边说："学生那边，结城替我们控制得很好。这孩子本来是特地为了文化祭来赶工的，现在牺牲睡眠，连一个字也没抱怨。幸好她临危不乱，不知道帮了学生会和校方多大的忙。"

说完，老师停顿了一会儿。

"至于楼顶的天台，有川老师他们把门打开，冲出去一看，据说空无一人。四处查看，发现栏杆那边遗落了一只运动鞋。他们从那里往下看，就看到我站在津田前面发呆。"

"她脱了一只鞋？"

"对，是右脚的鞋。听说他们下楼时才发现，旁边有一团用手帕包裹的东西。"

我听得一头雾水，不禁纳闷侧首。

"那是个小包裹，一不注意就会被忽略。打开一看，里面是一个穿着红洋装的兔子摆件。"

"是津田学妹的吗？"

老师点点头。

"好像是那天才买的。就在这里。"

所谓的"这里"，应该是指我们所在的这家百货公司吧。

"听说她们刚开工就发现需要金漆，所以才跑来这里的文具用品卖场，好像还顺便去隔壁卖玩偶之类的卖场逛了一下。"

从学校到这儿，走路顶多八分钟。如果跟同学借自行车，一眨眼工夫就到了。既然来了，顺便逛逛其他卖场也是理所当然。

我的脑海里，浮现出两个在百货公司边聊边逛的高中女生的形象。

"她是跟和泉学妹一起来的吧？"

"对，她们是最佳拍档嘛。总之，那个兔子摆件是陶瓷做的，我记得歪着脑袋挺可爱的，大小约可放在掌心上。"

"那条手帕是……"

"听说晚上她还带去餐厅给大家看过。说到这里，我记得当时的确有一群人聚在一起吵吵闹闹的。后来她离开时，好像用那条手帕包着兔子塞进了运动服的口袋里。"

那个小兔子纵使有生命，在柔软的布料层层包裹下，恐怕也无法窥知事发经过。

"如此说来，津田学妹是在天台遗失了它。"

"应该是吧。"

"换句话说，在楼顶的人就是津田学妹。同时，任何人都不可能在事发后从天台逃走吧？"

我总觉得和泉学妹说不定也在现场一起仰望满天繁星，才会忍不住这么问。

"那当然。天台被及腰的栏杆围住，栏杆之外等于是绝壁，天台上顶多只有水箱，而且两个人都仔细检查过了，根本没有地方可以藏身。"

此时，我从口袋里拿出那张纸。自从见过和泉学妹，我便刻意把它放在口袋里，无法丢弃。

"老师，您认得这笔迹吗？"

"这是什么？"

老师一脸狐疑地接过那张纸。我问："这个，是津田学妹的笔迹吗？"

7

我说出了事情原委，老师盯着那张复印纸看了半晌，才说道："是不是津田的笔迹我不清楚，这个可以先让我保管吗？"

"可以。"

"我到学校查查看。不管怎样……这是一桩怪事。"

然而，老师脸上浮现的不是困惑，而是沉痛的表情。我仿佛能理解老师在想什么。我试着说："会是和泉学妹吗？"

我指把这张复印纸送来我家的人。老师惊愕地看着我，然后缓缓地说："我是这么猜的。"

"我也这么觉得……虽然毫无征兆，但除了她，我想不出还有谁会做这种事。我跟她们年级不同，也不算特别亲近。可是，我算是认识津田学妹，和泉或许想跟我倾诉亡友的事，所以刻意制造机会吧。那一次也是，她坐在我家前面的停车场，事后想想，总觉得她在等我。"

"我刚才听你提及时，也觉得和泉在发出讯息，或许她想说的是'我正在痛苦中挣扎'。这个'看不见的手'被人用红笔圈出来，好像是'命运'之类的暗示。总之，她现在很爱钻牛角尖，对于我们这些在现实生活中有牵连的老师和同学，想必无法直接说出内心的想法，因此才会对局外人，或者说立场不同的人发出求救信号吧。"

"由此可见，她受的伤有多深。"

老师叹息着回答。

"是啊！"

这也不过是一种解释。事实究竟如何，好像在雾中追捕白蝶般捉摸不定。

隔着走廊的对面那一桌，有个小孩哇地放声大哭。我一边瞥向那张纸一边说："那本课本，已经烧掉了吧？"

"如果真是津田的，应该烧掉了。她父母委托班主任饭岛老师选书，我再去问问他。"

"可是，这样应该没办法复印吧？"

老师不当一回事地说："所以才怀疑是和泉。因为她们俩很要好，想必会留下考试前的复印资料。"

秋花

我小心翼翼地思索措辞，接着说："可如果是笔记，一人请假没来上课，另一人帮忙复印我还能理解。但是，那本教科书她自己也有，还需要特地复印吗？"

老师猛眨眼。

下方的空白处有几行与课本内容有关的批注，但那只是在标注《国富论》之类的书现在由哪家出版社出版，其他的都是涂鸦，照理说不值得特别复印。

老师缓缓地说："说的也是。那么，这玩意儿究竟从哪儿冒出来的？"

8

据说台风正在接近。

夜半听到雨声，但我醒来时雨已经停了。只是，风仍在高空中频频发出诡异的呼啸声。

"把传阅板(22)送过去。"

我正在换衣服，母亲如此吩咐。

"现在？"

"这是早饭前的举手之劳。"

母亲平常很少说这种话，说不定是气压变化造成

---

(22) 日本社区中用于传递和分享信息的工具，将通知和其他文件贴在木板或纸板上，在各家庭之间传阅。——编者注

的。如果翻到岩波书店出版的《日语辞典》中"双关语"这一栏，例句便是"拙劣的双关语不如闭上嘴"，不过母亲当然不可能知道。

"趁还没下雨赶快去。"

她仿佛看穿了我的想法，匆匆把传阅板塞到我这个苦命女儿的手上，二话不说就把我赶出了门。只不过去一趟隔壁，犯不着说什么趁还没下雨吧。

一出门，天色阴沉得宛如置身在灰色穹顶内。

我摁门铃，把传阅板交给那位手臂和脖颈都很细瘦的邻居太太，顺便就最近的天气客套地聊了两句。据她说台风明天就会登陆。我没听气象预报，但有时候会在意外的状况下获得情报。她的孩子念幼儿园，据说明天学校停课。

我回到因饱吸雨水而变得漆黑的柏油路上，听见如同浪涛的声音，不禁抬头朝树梢望去，群树正在起伏摇晃。蓦地，我觉得视线有点模糊，因为看似整片薄墨色的天空，在意外近的距离，飘过了一抹暗铅色的微云。我把目光锁定那片云，可以清楚地看到它的移动。

孩提时代仿佛也曾仰望过这样的天空。

莫名地，我想在这附近走走。

空气中略有寒意，我套上刚买的运动短外套。极浅的柠檬黄隐约泛出一抹绿，口袋很大，所以很方便。我双手插进口袋，迈步走出。

秋花

在第四个转角跨过水洼向右转，几户之外就是津田学妹家。这附近虽然有些房屋已经改建，但津田学妹家依旧和我童年中的印象一样，是四周围绕着冬青树篱的平房。

关于津田家的内情，我自然无从得知，不过，我曾略有耳闻。据说早在几年前，她父亲就到国外工作了。女儿出事后，她父亲在自己独生女的丧礼上穿着黑衣坐着。我不知道他是怎么抽空回国的，想必是专程赶回来的吧。

现在——

9

暗自猜想之际，我经过津田学妹家门前，正好与院子里的津田妈妈四目相对。

"早！"

我反射性地鞠躬道了声早安，她妈妈也回以微笑。

现在，她爸爸已经回去工作了，只剩下她妈妈一个人在家。大概是怕台风来袭，她正在院子里替花草绑上支撑的木架，冬青树篱的高度正好到我的肩头，所以我看得很清楚。

津田母女的脸型很像，都是长脸，不过津田妈妈的眼睛与嘴唇稍大，有一种沉稳的华丽——或许这么形容很奇怪，反正她的长相会给人留下良好的印象。

我正想默默走过，津田妈妈却说了声"等一下"，便走了过来。

"是。"

隔着树篱，津田妈妈一脸愁容。

"关于和泉同学，你有没有听说什么？"

我心头一惊，含糊地回答："呃，好像没有……"

"是吗？"

小学六年级时，我曾经担任上学路队的队长，还从津田妈妈手中接过津田学妹的请假单。算一算也快十年了。

"上次……我偶然瞄到一眼。"津田妈妈说到一半，有点含糊其词。

"她没什么精神吧。"

为了填补令人窒息的沉默，我如此说道，这才觉得自己很蠢。津田妈妈凝视树篱，断断续续地说："她常来我家玩，跟我们母女俩一起打扑克牌或百人一首(23)。她也在我家住过好几次，现在居然变成

---

(23) 原指日本镰仓时代藤原定家的私撰和歌集。藤原定家从自古以来的和歌名作中依年代先后挑选出一百位歌人，每人各挑选其一首作品，汇编成集。这本诗集现在名为《小仓百人一首》，后来集合一百位歌人作品的私撰集，亦称为"百人一首"。现在指的是以一百首和歌为题材的花牌游戏。

秋花

这样。"

"噢……"

我也望着树篱，它被我熟悉的冬青树叶片遮挡，仔细一看，里面的灰色树干如蛇般蜿蜒，有些部位异常粗壮。如果不仔细打量，我或许永远不会发现。

树篱底下，是同样熟悉的黑桃形叶片，以及犹如仙女棒燃放的火光凝聚而成的茎。到处绽放的四瓣花，在樱红色中央饰以黄色珠玉。那是秋海棠。可爱的小花替沉郁的风景增添了鲜明的色彩。

"我担心她今后会很寂寞，所以邀请她继续来我家，如果可以的话。"

"她大概会不好意思吧。"

"对，之后只来过一次。"

"一次……"

那个现在看起来有点像傀儡的和泉学妹，居然有"意愿"造访这个家——虽说只有一次，但在我看来简直不可思议。

"对，她说想要一些真理子的纪念品。"

"是吗？"

"真理子的房间一直保持原状，我带她去看，她就站在那里发呆，思念着真理子，你说是吧——能记住这孩子我就很感谢了，可如果因为这样而不去上学，我想真理子一定也不会开心。"

和泉学妹的情况果然传开了，津田妈妈大概也有耳闻吧。

我点点头，然后就这么低下头。一阵强风吹过，头顶上的电线咻咻低鸣，膝前的秋海棠起伏摇曳。

10

下午，我准时上课，放学后没有绕路，直接回家。

天气依旧时阴时雨，没个定数。家里也早早在晚餐前就关上了窗户，感觉有点奇怪。市政厅反复播报着地方气象台的暴风雨警报。

刚收拾完餐桌，姐姐难得地早回家了，我打算给全家人泡杯拿手的皇家奶茶。当我把阿萨姆茶罐和大吉岭茶罐像双胞胎般并排放在桌上时，隔壁房间的电话响了。

姐姐说了几句话后，放下话筒，探头到厨房喊我。她把双手圈在嘴边当成扩音器，音量反而刻意压低。

"是个男的打来的哦——"

父母的眼神一变，宛如听到晴天霹雳的消息。我想不出是哪个男人，或许是推销员吧，于是有点心慌地接起电话。

"抱歉，你现在方便讲话吗？"

原来是朝井老师。

"方便。"

"那张纸上确实是津田的笔迹。"

一时之间，我不知如何回话，只觉得雨声好像变大了。老师继续说："饭岛老师——就是我之前说的班主任，我跟他说了这件事，他把学生证和升学志愿问卷拿给我参考。那是学生自己填写的，一核对，笔迹一模一样。复印本下方的标注字写得很小，还夹杂着艰深的汉字，如果不是津田自己写的，而是别人模仿的，不可能看起来那么自然。为了谨慎起见，我也让结城看过。"就是那位据说很能干的学生会长。"结果，她还记得那个淘气的涂鸦'斯密夫人'。"

"是右上角那个吧？"

那是"亚当·斯密"的变形版。涂鸦根据英国古典派经济学大师的特征，把他改造成"夫人"的模样。

"对，那种漫画笔法绝对是津田的杰作。"

别人不可能这样"创作"。

"真是这样的话，那就不会错了。"

"对。"

"那么，课本的事呢？"

"这个我也确认过了，正如和泉所言。"

"烧掉的三本书当中，确定有《政治经济

学》吗？"

"是的。饭岛老师受托到津田房间，把挑出来的课本交给她妈妈。听说和泉好像是亲眼看着津田妈妈把书放进棺木的。"

我蓦地想到。

"那本课本，该不会是和泉学妹在事发后，连同津田留在学校寄物柜的其他东西一起送去津田家的吧？"

若是这样，她事先可以偷偷复印一份。

"这我也想过，但这是不可能的。津田留在学校里的东西，统统由饭岛老师送到她家，而且听说是装在纸袋里直接放进房间角落的。饭岛老师选的课本，包括《政治经济学》在内，都是从津田的书架上拿的。"

"这么说来，应该是在意外发生前的某个不确定的时候，某人拿去复印了。"

这样的话，应该不是基于特殊用意才把"看不见的手"印下来。因为事前不可能知道会发生意外。

如果事前就知道——做这种假设，实在太可怕了。

秋花

11

"仔细想想，还有其他疑点。当我宣布津田过世时，好几个学生都哭了，然而和泉没哭，她的眼神飘忽，好像看着远方。当时，我以为她处于失神的状态，但是后来仔细回想，葬礼上她也是一滴眼泪都没掉。当然，不见得要哭才算伤心，不哭也不意味着交情浅薄。我想她一定是难过得哭不出来。只是，对于她们这个年纪来说，这种表达悲伤的方式相当少见。更何况和泉是个比津田脆弱得多的孩子。"

老师说到这里，暂时陷入沉默，似乎在迟疑，不确定该不该说出下一句话。

"还有什么不对劲的地方吗？"

我终于忍不住问道。

"嗯，是上次跟你见过面之后我才开始留意的，应该没什么特别意义。我不是说那天骂了她们俩吗？"

"您是指？"

"你忘啦，就是那天晚上的空当，她们俩在打打闹闹……"

"啊，我想起来了。"

"当时，她们正在做一件奇怪的事。"

"什么事？"

"她们在决斗。"

"决斗？"

"对，在模仿古装剧。"

"用扫把之类的道具吗？"

"不，说起来，她们的道具也不知道是从哪儿弄来的……"

老师顿了一下。

"……是铁管。"

"啊？"

我不由得小声地叫了出来。对高中女生来说，拿这种东西也未免太不搭调了。

"她们拿着那东西，一边嚷嚷着'放马过来''拼了'，一边绕圈，就在餐厅的水龙头前面。她们差遣学妹去忙，自己则在玩那种打斗游戏。每次铁管相碰，就会发出铿锵声。"

我觉得这个拟声词很难听。但是，当时两人分别手持金属棒，确实会发出刺耳的噪声。

"那样不是很危险吗？"

"当然危险，所以我才骂人，她们立刻一起乖乖低头认错。我当时还要去别处巡逻，所以只说了声'马上回去'就离开了。我以为那只是学生的调皮，转头就忘了。可是一旦回想起来，总觉得好像在梦里看过，很奇怪。"

当时，想必秋夜早已降临。同时，因天色而自动感应的照明灯，也在餐厅前的细长灯柱四周徐徐展开如长裙般的光晕。

67

两个穿运动服的高中女生——津田学妹与和泉学妹，为何会在这个白花花的舞台上，演出宛如《哈姆雷特》最后一幕的决斗呢?

第三章

1

如果头顶的照明灯不关，我就睡不好。说得夸张一点，我会觉得眼皮如遭针刺。但若说我喜欢黑暗，其实我也讨厌睡觉时关窗，我希望在自然的晨光中醒来。

可是托台风的福，今早的我成了个躺在讨厌的箱子里的人偶。

我从睡梦的泥沼中稍微探头，昏昏沉沉地思索清醒前的梦境，那是一个怪梦。

梦中的我，把院子里的水龙头扭到最大，正在哗啦啦地清洗蔓菁。我卷起袖子，用刷子拼命刷洗，蔓菁越洗越白。而这幅情景，是另一个我透过走廊窗框亲眼见到的。外面的我在拼命刷洗，当我正在思索洗好的蔓菁该怎么办时，旁边已经出现露营用的炉子，上面架着铁丝网。当然，火已经生好了。外面的我就把洗好的蔓菁排放在网子上，走廊上的我大吃一惊，

秋花

连忙开门高喊："不可以！"下个瞬间，出声的人变成了母亲，而站在室外的我则噘着嘴回答："谁让它一直干不了！"

激烈的风雨仿佛包围了我这个暗箱般的房间，敲打声不断袭来。

"水"和"干不了"之所以在梦中出现，应该是因为台风。至于蔓菁，大概是我在消夜吃了迷你豆沙面包，满嘴甜味，刷牙时满脑子想的都是"好想吃泡菜"的缘故吧。我已经清醒了五分之四，于是屈起膝盖，感受脚底从床单轻轻划过的触感。床单发出细微的响声，有点像室外的飕飕风声。我把睡裤裤脚卷至膝头。

"姐姐呢？"

"早就出门了。"

我下楼一问，母亲如此回答。据说是坐父亲的车去车站了。

"这么勤快。"

"挣钱可不容易。"

"是！"

"你不出门吗？"

"我看情况再说。"

我算是所谓认真的学生。今年春天，轮到我在课堂上做报告时，我虽然发烧到三十九摄氏度以上，还是撑完了全场。不过，那多少是因为舍不得自己耗时费力做的准备白白浪费，说穿了，只是出于穷酸的天性。

老师和同学的赞赏令我心情大好（实际上，那次的报告非常成功），我抬头挺胸地走下文学院的斜坡，可是一出大门便立刻腿软，在文学院前面的公园长椅上瘫坐了半晌。接着，我仿佛背负沉重的行囊般勉强迈步，走到经常光顾的靠近地铁口的小店，买了一支冰激凌吃，然后就回家了。因为我浑身发热，满脑子只想吃冰的东西。

所以，我今天并非不想出门。只是，如果风雨一直持续下去，我不确定学校会不会停课。

我一边吃早餐，一边看报纸留意最新资讯。据说台风正以每小时三十公里的速度北上，中午以前就会经过我家上空，说不定下午就是台风过后的蔚蓝晴空。

我上楼，打开窗户。我在面朝道路的这一侧，并不会直接受到风势侵袭，不过还是有宛如浪花的细小雨沫飞溅到脸上。这种风雨挺舒服的。

阴霾的天空彼端，乌云如群龙般游动。

俯瞰一楼的瓦片屋顶，它正受到无止境的"水枪"攻击。"银线"射向终点，然后鲜明地炸开，有时候又凝结成烟雾状飘过空中。伴着周期性的强风，另一边的窗户发出沙沙声响。

停车场后面的草丛顺从地伏倒，仿佛被梳平的湿发。

——看到那里，我顿时屏住了呼吸。

2

我迅速冲下楼，这股气势让走廊上的母亲瞠目结舌。

我在玄关正要套上拖鞋，又匆匆跑回去，从箱子里抓起几张旧报纸，像要替新娘铺红毯般，在玄关到厨房之间铺满报纸。然后，我打开热水器的加热开关，洗澡水应该还有余温，只要再加热二十分钟就可以泡澡了。

"你在瞎忙什么？"

只能待会儿再解释了。我冲了出去，撑开父亲的大黑伞，奔向停车场，胸口以下很快就被横扫而来的暴雨浇透了。

我踩着易滑的小石子，逐渐靠近。

和泉学妹和上次一样仰头坐着，狂风夹带暴雨袭击着那张稚气的圆脸，其猛烈程度令人怀疑她是否还能呼吸，水从她的发丝与额头不断地滑落，形成透明的水膜。即便狂风呼啸，和泉学妹还是察觉到了我，她皱着脸，微微睁开双眼。

毫无血色的双唇纹丝不动。她不发一语。

我慌忙把伞递过去想替她遮雨。紧贴身体的雨伞才举高，一阵狂风就从旁边扑来，连伞带我的手一起刮过。我踉跄地靠到和泉学妹身边，双手抓紧伞柄，努力向下压，在我们俩头顶搭起小屋顶。暴雨如同无数弹珠从天砸落，沙沙地笼罩了我们。

我喘口气凝神细看，和泉学妹的膝上放着书包，上面凹陷处的积水又汇成河流流向裙摆。她用左手压着书包。接着，我看到她垂在身旁的右手时，心头一悸。

她抓着伞柄。那是一把如同热带蝴蝶的翅膀般艳蓝的雨伞，在这样的狂风暴雨中，那把伞却被紧紧收起。

我遇到这种情况向来不善言辞。因此，我用单手紧握伞柄上部，腾出来的另一只手搭在和泉学妹肩上。

我唯一能指望的就是我们之间三岁的年龄差。我们最常碰面的时期在小学，那时候三岁的差距远比现在大。我是个软弱、靠不住的人，但我现在只求和泉学妹能凭儿时的感觉有所行动。

我的手在发力。她身上那高中时期天天穿的校服，冷肃的深蓝色吸了水，再加上折痕处的颜色本来就比较深，现在看起来几乎像黑色。我在那湿透的厚布下摸到了她的肩胛骨。

我推着她的肩膀催促，和泉学妹听话地起身，或

秋花

者说就像人偶被线拉动了似的。

路上大雨滂沱，放眼望去只见一片白蒙蒙。风雨交加之际，雨水斜斜落下，还毫不留情地溅起雨沫，好像也从下方喷雨。我们就在这被银线覆盖的世界开路前行。

我们刚进门，母亲正把厨房门拉开一条缝观望，她与我四目相接，立刻出来打开玄关门。

"快进来。"

幸好她没有嚷着"天啊"或"怎么搞的"。和泉学妹稍微迟疑了一下，便转身向外，脱下鞋子并排放好，抬脚踩在门口铺的旧报纸上。水珠从她的衣服上滴落，在干燥的纸张上发出声音，那块地方瞬间变色。

和泉学妹的鞋子放在脱鞋石上，如两艘小船并排而卧，鞋内积水之深一望便知。我用中指和食指钩起鞋子，把积水倒在外面。

"不好意思……"

和泉学妹的嘴中勉强挤出细微的声音。我如释重负地看着她，报以微笑。

"还有你的袜子……湿湿的一定很不舒服吧？"

和泉学妹脱下了白袜。母亲拿来一个塑料袋，让她把沉甸甸的湿袜放进去。

我让她在厨房内脱下外套，替她挂在衣架上。那件外套连内衬都湿透了，衬衫袖子贴在她的手臂上。

和泉学妹的手腕与脚踝纤细得难以想象，她全身湿透地站在我家的厨房里，看起来格格不入，柔弱无依又令人哀怜。她若是我妹妹，我真想紧紧抱住她。三年后，她正走着我早已走过的时间之路。我有一股冲动，很想对她伸出援手。

母亲倒了一小杯热茶给和泉，冻僵的她一口气就灌下去。我带她到隔壁的浴室，一边放热水一边说："你先泡个澡暖暖身子。"

我对着这个比穿深蓝色上衣时更显瘦小的身体说道。既然还没到烤暖炉的季节，那么现在的做法应该是最好的吧。

和泉学妹木然地点点头，仿佛过了一会儿才听见来自远方的声音，然后问我："可以顺便洗头吗？"

"当然可以。"

她开始动手解衬衫纽扣。

3

和泉学妹大概是用上学的名义跑出来的吧。可是，这种台风天，她家人应该会很担心。打电话通知的事就由母亲代劳了。

她穿上我拿给她的新内衣，再套上我的毛衣和裙子，花了漫长的时间梳理头发，似乎想让心思集中在

秋花

机械性的动作上。

她做完这些事后看起来无所适从，于是，我给她准备了牛奶与红茶，一边调制皇家奶茶，一边讲解做法，正好填补她喝完之前的这段空白。

"先休息一下吧。"

说完，我带她到楼下一个面积约十三平方米的房间。

我没带她去我的房间，倒不是怕里面很乱，而是因为津田学妹曾与她在初三那一年坐在我的房间里聊天。与其说我这样做是为对方着想，倒不如说物是人非的景象会令我痛苦。

我并排放了三个坐垫，劝她躺下。她那张圆脸的脸颊虽然凹陷，还不至于瘦得离谱。不过，她的眼睛和嘴角，乃至全身的表情，有一种令人心痛的憔悴。

我又强调了一次没有人会来，和泉学妹才缓缓躺下。我替她把毯子拉到肩头盖好，坐在旁边。然后，我开口说话。提起那个人的名字有点不厚道，但如果拖得太久，我想以后更不好开口。

"……津田学妹和你，真的从小就很要好。"

故意待在户外被暴风雨折磨是她对自己的惩罚吗？再不然就是为了释放某种情绪，推了犹豫不决的自己一把。如果真是这样，我想我有责任帮她打开话匣子。

和泉学妹微微颔首，盯着天花板看了半晌，最后才说："……厨房的煤气灶，刚热过牛奶吧？"

我应声附和。于是她又说："我家，今年夏天换了新的煤气灶。"

"是吗？"

"既然要买，就买个比以前好的，所以我们买了个附带烤架的。原先的煤气灶是最简单的款式。结果，妈咪却说用不惯烤架，看不见火……她这人就是这么容易慌慌张张的。"

在外人面前不说"母亲"，却说"妈咪"，从这种称呼足以窥见她的稚气。她断断续续地往下说："……好几次，她都把鱼烤焦了。于是，我用红色签字笔在厚纸板上写着'烤鱼中'，挂在煤气灶旁。不用烤架时就把纸板翻到背面，使用时就露出有字的那一面。这是用来提醒她的，所以很醒目。我每次一进厨房就能看到，使用烤架时会看到红字，看到红字，就会想起我写那块纸板的情景。明明才过去没多久，不知为什么，却好像是很久以前的事了。记得当时我还神气地卖弄说：'妈咪，我做了这块板子给你用，这样就不会再烤焦了。'……现在再看到那些字，我很痛苦，因为它让我回忆起在一切发生前的平静时光。"

她的眼神变得焦虑，流露出不确定听者是否能理解她的不安。

这孩子的世界从津田发生意外的那个瞬间开始就

77

改变了。无法倒流的时光，曾经安稳的岁月，看到那些勾起回忆的东西，对她来说无异于一种折磨。

我以为她就此陷入沉默，但话语在短暂的停顿后又冒了出来。

"……秋海棠。"

"啊？"

"津田家门前……"

我想起昨天树篱下摇曳生姿的可爱花朵，于是点点头，那些小花此时想必正被豆大的雨滴敲击。和泉学妹说："那种花的名字还是津田妈妈告诉我的。"

"这样啊。"

"现在经过时，花还是像以前一样怒放，而我完全没有想过，自己会在不知不觉间长高，开始俯视这些花朵。小的时候，它们就开在眼前……我和津田同学，就是在这种花前初次相遇的。"

"是秋天啊！"

"对啊，上幼儿园之前的那年秋天。那时候年纪很小，或许记错了。但初遇的情景就像电影画面一样在我眼前清晰浮现。当时，我骑着三轮车经过津田家，津田同学就站在门口。印象中那是我们第一次见面……也许不是。如果不是，大概是因为我们常摘秋海棠玩耍，所以我才会有那样的印象。"

"用这种花？"

秋海棠可以拿来玩吗？这倒是很少听说。

"对，在用玩具碗盘玩过家家的时候。"

"怎么玩？"

"秋海棠的花不是有粉红色和黄色的部分吗？"

"对啊。"

"很像三色饭吧？"

"哦——"

原来如此。和泉学妹说的"三色饭"，还有一种颜色我一时想不出来，不过她说的这两种颜色我倒是立刻想通了。粉红色就像樱花松，也就是染成桃红色的鱼肉松；黄色像炒蛋。被她这么一说，的确和幼儿园小朋友的便当里经常出现的菜色一模一样，果然很像那个年纪的小孩会有的联想。

"除了粉红色和黄色，还有哪种颜色？"

"褐色。鸡肉松。"

"那个用什么代替？"

"用褐色的折纸。"

"这样就可以做成三色饭了。"

"对啊！"

这样的画面仿佛近在眼前：在阳光明媚的走廊上，地上摆满了可爱的塑料餐具，小小的津田学妹与和泉学妹正在"做饭"。我甚至还可以看到窗外振翅飞过的蜻蜓。而那，已经是十几年前的往事了。

那时候的其中一个孩子，现在正躺在这里盯着阴暗的天花板。

4

"当时年纪那么小，也许记错了。不过，在我印象中，有一天天气很晴朗，我骑着三轮车来到开满秋海棠的树篱前，津田同学就站在门口。我第一眼看到她就心头一跳。我暗想'这个女孩和别人不一样'。虽然我不擅长交朋友，那时候却马上走到她身旁。与其说我是主动靠近，不如说像是被什么吸引了过去。我放慢车速骑到她面前，她笑了一下，主动问我'要不要一起玩'，还邀请我去她家。我们俩就在广告传单的背面用蜡笔画画。过了一会儿，外出的津田妈妈回来了，她说'你交到新朋友啦，太好了'。之后，我们从幼儿园到高中都同校，无论念书或玩游戏，弹钢琴或学游泳，一直形影不离。"

"你们一定很投缘。"

"对啊。不过，与其说投缘，我倒觉得自己是津田同学的跟屁虫。我们的性格不一样，我比较软弱，津田同学可坚强多了。所以，我从津田同学身上学到了很多东西，只要站在她身边，我的思路会清晰起来，口齿也变得伶俐。不知为何，津田同学也很喜欢我。"

一阵风吹过，雨声停了一会儿，再度响起。

"发生了很多事……"

沙沙的雨声，比起之前似乎减弱了几分。和泉学妹此刻的眼神好像在数着空中的飘浮物。

"……小学时，老师在课堂上教我们用杯子和线制作电话。当时我们讨论过我家和津田家能不能通话的问题。从我家二楼可以看到津田家的窗户，我们各自探出头，挥手比手势，甚至还考虑两户之间约有多少步，可惜中间隔着邻居的房子和马路，实际上不可能用细线连接。现在，中间又盖了很多双层楼房，我家已经看不见津田家的窗户了……说到看不见，以前在我家二楼也能清楚看到中元节放的烟花。我们俩每次在人潮中走腻了，就会到我家的窗口眺望风景。"

她的叙述如雨滴般滴滴答答。

"……夏天，我们买了烟花在我家放，然后同时被蚊子叮到脚底。因为我们都穿着搭配浴衣的木屐，并肩坐在廊檐下，一边喝果汁一边晃动悬空的双脚。蚊子趁机飞进勾在脚尖的木屐和脚底之间。后来就算涂了'金橘'牌防蚊药，被叮的部位还是又痛又痒，难受得要命。我爸还揶揄我'连这种奇怪的部位也学人家'。快消肿的部位一摸到又开始痒，而且很想挠。我躺在被窝里浑身是汗，在黑暗中不知不觉伸手抓挠，心想'小真现在会不会也在做同样的事'。"

"小真"指的是津田真理子学妹。

5

接着，和泉学妹又聊起她们到邻市剧场欣赏芭蕾舞剧的往事。那是星期六下午演出的《胡桃夹子组曲》。她说很可惜演奏播放的是录音带，从《糖果仙子之舞》到《俄罗斯舞曲》乃至《花之圆舞曲》，结束时已是傍晚。然后，两人就这么一路走回家，也没坐电车。

"……那个地方我们坐车去过很多次，只要沿着国道一直走就行了。我们有很多话要聊，隔天又是星期天。津田同学说'我们走回去吧'，我也用力点头，于是就兴冲冲地走起路来了。天黑得比想象中还快，回到家外面已经一片漆黑，结果爸妈大发雷霆，要是我说是因为回程跑去逛 Ito Yokado 超市可能就没问题了，结果我却老实交代了这场徒步冒险记……这已经是小学五年级的事了。

"上了六年级，我们头一次同班。那时候，班上存在'霸凌'现象，一个转学生被同学欺负。我并不讨厌那个同学，但袖手旁观的滋味很不好受。我一个人束手无策，结果，津田同学说'我们一起出面阻止吧'。

"津田同学并不是不敢独自行动，而是怕我如果被晾在一边，心里会难过。我缺乏她的魄力，但只要津田同学邀请我，我就敢大胆站出来。

"不过，我们还是被同学的反对弄得灰头土脸。

向来开朗乖巧的班长甚至说出'那种家伙不值得袒护'这么出人意料的话。当时,津田说:'我们上幼儿园时,不也为了一点鸡毛蒜皮的小事哭过吗?就算现在觉得是天大的难关,等到长大以后再看,一定觉得不值得一提。'听到这句话,我发现这种事情'不是做不到,其实我做得到',这就是两人携手带给我的勇气。霸凌问题在老师发现之前总算解决了。

"从小学、初中到高中,我们同班的机会只有三次,另外两次就是去年和今年。去年文化祭时发生过一件事。我们班的摊位是玩游戏,在入口处每人先发十枚筹码,可以玩摊位上提供的各种游戏。如果赢得较多筹码,即可兑换奖品,但不能兑现。游戏是免费的,所以奖品也不是什么了不起的东西,都是班上同学捐的。特等奖是台掌上游戏机,我记得要五百枚筹码才能换到。结果,有个小朋友从星期天早上就一直泡在里面,到了傍晚关门时,其他人都离开了,那个小朋友却拿出五十枚左右的筹码,指着那台电动游戏机说:'我要那个!'说什么也不肯走。我们还有学生会的工作要忙,顶多只能抽空过来看一下,我拿着大喇叭到处赶人,想催他离开,搞得摊位上一阵大乱。

"那孩子戳在奖品处猛哭,双手紧紧交握。我们蹲下来问他:'小弟弟,你几年级?'他伸出一根手指头,小学一年级。当然,我们的目标群体是高中生，虽然也会有小学生跑来，但其他小朋友根据筹码领到糖果、零食或漫画就乖乖回去了。奖品给这个孩子其实很简单，可是考虑到其他孩子，这么做显然说不过去。

"于是，津田同学摸着他的头，劝他：'你知道吗？十元钱的东西没有十元钱就不能买。一百元的东西没有一百元就不能买。规定就是这样。不然，大家如果想要什么就拿什么，岂不是天下大乱了，你懂吗？'可是，那个穿短裤的小朋友抖动肩膀，一边发出尖细的哭声一边不停地掉泪，我们伤透了脑筋。眼看时间越来越晚，若说我们也有错，搞出这种赌博性活动的确有错。但当务之急是不能让前来参加文化祭的小朋友败兴而归，所以，我们最后还是把那台电动游戏机给他了。

"'这对小朋友的教育不好吧。他会以为凡事只要哭一哭就能得逞。'听我这么感叹，津田同学说：'可是我相信他一定会变成好孩子，因为最后他很恭敬地说了谢谢！'

"被她这么一说，我才想到那个小朋友离开时嘴里嘟嘟囔囔地不知道在说什么。'啊，原来是在说谢谢啊！'我说道，津田同学莞尔一笑，点头说：'对呀！'"

我仿佛看到了用彩纸、纸胶带和海报装饰的文化祭教室，以及站在其中身穿深蓝色校服的津田学妹她们。文化祭结束的傍晚，人潮涌向操场，随风传来《稻草里的火鸡》(24)略带哀愁的曲调。

"……今年春天，我们一起骑自行车远征江户川。"

"为了长跑赛？"

由于学校四周没有场地可以进行长跑，学生每年秋天都得沿着江户川来回跑十公里。高三那年的秋天是我最后一次赛跑，我抵达终点后并没有停下来，继续跑了一段路才倒在草地上，一边茫然地仰望蓝天，一边想着"今后我大概再也不会跑这么远的路了"，我感受到一个时代的落幕。

"不是……我们在医院那里越过四号道路，然后笔直往前走。"

这句话可能只有当地人才听得懂。江户川很长，她们骑到长跑赛路线距起点更近，也更靠近我家的区域，不过骑到河边还是相当远的。

"很累吧？"

"……不会，不知不觉就到了。途中我们还买了饭团和果汁，坐在河堤上吃午餐。云雀在唱歌，远方的天空有滑翔翼飞过，看起来像小虫子，好小好小。河面闪闪发光，好明亮、好宽阔。现在回想起来，简直像一场梦。"

---

(24) *Turkey in the Straw*，日本的小学、初中举办运动会时经常播放的曲子。

秋花

小正也批评过这一带没有壮丽的风景，但对我们来说，江户川足以让人感受到大自然的辽阔。

"……津田同学那时候说过，'到了秋天，我们一定还要再来！'"

和泉学妹宛如忆起与旧情人共度往昔的美好时光。

她的叙述虽然不常提及津田学妹说过的话，但有个字眼令我印象深刻。我悄悄问："欸，津田学妹很喜欢用'一定'这个词吗？"

和泉学妹那双眼皮深邃的大眼睛，惊愕地瞪得更大了，她静静地点点头。

6

会这么想，可能是因为和泉学妹的语气吧。这个字眼她连续提到了三次，而且说得明确有力。想必挚友的说话方式就这样原封不动地烙印在她心间。

津田学妹提及"未来"时喜欢用"一定"这个字眼，不是"说不定"，也不是"也许"。

比起那些生活逸事，发现这一点好像更能让我看清津田学妹的性格。她大概是个很有信念感的人。

"津田学妹走了，你很痛苦吧。"

我如此说道。若这是疑问句，它就是个蠢问题。

和泉学妹猛然把头撇向一旁，说："……好像每一件事都会让我联想到。昨天傍晚，我随意看电视，有个节目正在播翠鸟。"

"翠鸟？"

"对，就是那种鸟……"

她说的是《别告诉爱笑的翠鸟》(25)这首歌里唱的那种鸟吧。这么说来，它应该是一种栖息在水边，毛色如琉璃珠宝的鸟类。这有什么不对劲吗？我暗自纳闷。

"……电视上做了种种说明，最后播出捕鱼的情景。这种鸟会潜入水底捕鱼，然后叼着鱼飞到树干上。接着……"和泉学妹一脸痛苦，"它把嘴里的鱼用力往树干上摔，一摔再摔，直到鱼再也不能动，如果是体形较大的鱼，它会把鱼一直摔到粉身碎骨。"

我的表情也跟着扭曲起来。

和泉学妹皱眉，紧闭双眼："……我好想走开，却没办法从椅子上起身。后来，我走到院子……"她没再说下去，用右手掩嘴，露出毯子的左手则按住喉头。

也就是说，她大概是吐了。

凝重的沉默降临。有好一阵子，我们就这么沉浸在雨声中，和泉学妹终于微微睁眼说："学姐，你刚

---

(25) 1953年左右创作的童谣。

秋花

才问我会不会'痛苦',是吧?"

我带着一点困惑说:"嗯。"

"为什么不是问会不会'伤心'呢?"

我当下哑然,好像受到了责备。当然,和泉学妹的疑问只不过像小孩子的任性,她自己应该也很清楚。她自问自答:"……是因为我看起来'比谁都痛苦'吧,那样很不好吧? 我'应该先感到伤心才对'。"

这就像把话语置于悬浮在空中的天平两端,盯着指针,斤斤计较。但是,我不忍心回应,因为那盯着天平的眼神太绝望了。

我转移话题。说到疑问,我也有话想问。

"学妹——"

"……什么事?"

"那天傍晚,听说你和津田学妹在模仿古装剧决斗?"

和泉学妹的脸色瞬间唰地变白,我有一种走在险路上的恐惧感,但话题已难收束。

"那应该……不是吵架吧?"

然而,和泉学妹依旧紧抿嘴唇。

7

接近中午时,雨停了。

和泉学妹总算松口，聊起无关痛痒的话题了。光是凭我们有一搭没一搭地聊了两个多小时这点，我觉得今天带她回家已经很有意义了。我邀她吃过午饭再走，她却坚持要走，气色也好多了。

　　她的湿衣服还没干，要带走。母亲拿了几个 Ito Yokado 超市的塑料袋，和泉学妹把衣服分别叠好，装了进去。

　　一打开玄关的门，只见被大雨冲刷过的院子四处散落着木兰金褐色的大叶片，就像台风撒下到此一游的问候卡片。

　　和泉学妹的家与津田家的方向相反。

　　柏油路面因吸水而变得黝黑，左右两边低洼处的积水宛如镜面，倒映着两侧的墙角和围篱，被不时驶过的汽车碾碎。我们并肩而行，边走边聊。

　　"你有带伞出来吧？"

　　"……嗯。"

　　她给我的印象一直是个小学妹，现在我们几乎一样高了。

　　"你在半路上才把伞收起来？"

　　我看着和泉学妹手中那把鲜艳的蓝伞问道。

　　"不，一开始就不想撑伞。可是……不带伞有人会担心。"

　　大概是指家人吧。然而结果还是让家人担心了，更何况她的行为无异于在别人家门前大喊"看看我"，不仅自相矛盾，重点是很任性，也许我该生气。但是，听到这个回答，我竟莫名地有点安心。

和泉学妹健壮的母亲向我道谢，还说"我马上叫她把衣服送回来"。然而，我的白毛衣和牛仔裙就这么消失在和泉学妹家了。

在阴霾依旧的天色中回家，隔壁的"小碎步"从门口探出头，他是个五岁小男生。幼儿园放台风假。小碎步是我给他起的绰号，夏天我们还"约会"了，当时一起逛过庙会。

"大姐姐。"

他朝我跑来，大概在家里闷坏了吧，身上穿着条纹T恤配五分裤。

"什么事？"

他看起来好像有话想说，眼睛闪闪发亮。

"给你猜个谜。"

"嗯。"

"apai、ipai、upai、epai……接着是什么？"

这算是一种性骚扰⁽²⁶⁾吧，我暗自心惊。八成是幼儿园的流行语，小孩子总有一个时期特别喜欢讲让大人窘迫的话题，以此取乐（不过，小碎步你想捉弄大姐姐我啊，还早了十五年呢！）。

我看着露出白牙、满心等待答案的"男朋友"，

---

(26) 按照日语五十音的a、i、u、e、o，接着应该是oppai，与乳房同音。

想到这个小家伙有一天也会变成大人，不禁感到不可思议。我弯下腰凝视小碎步的眼，缓缓说道："——sippai（失败）。"

小碎步扼腕不已。

8

我的经验里，关于小朋友的记忆并不尽然愉快。

高中时期，有一次到商场看电影。那是一个工作日的傍晚，影院里的座椅很宽敞，不管何时来，很多都空空的，想来应该可以悠哉地欣赏电影。

不料，开场后不久，一个年轻妈妈带着一个小女孩进来，孩子看起来像是小学一二年级，还没坐下就大声说话。母女俩坐在我这一排的尾端。接着，椅子开始晃动，那个小女生一边走一边把竖起的椅子一一放下又掀起。整排椅子在构造上大概连成一体，那股力道直接冲击到我。

过了一会儿，小女孩终于回到座位，看着银幕不断地喊出"怕怕"或"那是什么"之类的叫声，母亲只是偶尔碍于面子说声"安静一点"。

接着，小女孩沿路放下椅子，走到了我身旁，我小声对她说"别人也在看电影，你要保持安静哦"。结果，那女孩在黑暗中瞪了我一会儿，倏然靠近我

91

以为她想道歉，任谁都会这么想吧，没想到我错了，她居然二话不说用力踹了我一脚。霎时间，我简直不敢相信发生了什么事，所谓的大脑一片空白大概形容的就是这种状况吧。

女孩踹过人便转身回去找妈妈了。我看着她的背影，全身的力气像被抽空一般，陷入了一种疲惫的无奈。

我当然不可能知道那个女孩现在变成了什么样，但愿那只是她一时冲动。不过，也有人一辈子都是那副德行。

我想起津田她们阻止"霸凌"的事情。学妹说"弄得灰头土脸"，最后用"总算解决了"做结语，然而，事实不可能这么简单，她俩肯定经历了一段呕心沥血的过程。

幸好我待过的班级没有恶性霸凌，不过，在小孩子的世界里，一旦出现欺负者与被欺负者，事态会一路向更阴暗的方向发展吧。在封闭的世界中仍勇于对抗丑恶，这远比旁人想象的困难得多。置身其中的人都被迫面临考验，懦弱会滋生恐惧，唯有意志才能克服。

即便在思考这种现实问题时，我最后还是会回到书本，这大概就是我的弱点吧。这么一想不禁有点心虚。不过，我看书就像喝水，我无法想象没有水的人生，所以也无可奈何。

这天晚上我从书架上抽出我起初在图书馆借阅、

后来自掏腰包买回家的《阿努伊名作集》(27)。我在深秋的夜里重读《安提戈涅》，它讲述了一位不惜违背国法、赌上自己生命，替愚劣兄长的尸体盖上泥土的少女的故事。开篇紧绷的美感仿佛琴弦振动化成的语言，令我甚至想大声朗诵。

还有《云雀》，读到被制裁的少女贞德那一段时，我打从心底羡慕法国人。"——那是人类的智慧难以衡量的""那是在士兵们头顶上，在法国天空高歌的可爱云雀"。每当接触到日本的美丽语言时，我总会庆幸自己生于这个国家。同样，当读到阿努伊的"换言之，那是法国拥有的至宝——"时，我多希望自己出生于法国，这样就能以母语来品味原文的韵味了。

然而，少女安提戈涅和贞德都在成年之前结束了一生。不，唯有如此，才能完结此生（在《云雀》的结尾，贞德并没有接受火刑，仿佛是作者再也无法忍受让她受苦而予以的祝福。然而，作者以影像重叠手法在另一个舞台呈现了"真实"状况，使得故事结局让人更感残酷）。

如果活了下来，少女的纯真又会变成怎样？毕竟，纯真只不过是现实的缥缈幻影吧。

说到"时光"，津田学妹在十岁的年纪说出了

---

(27) 阿努伊（Jean Anouilh，1910—1987），法国二十世纪剧作家，极注重隐私，不喜欢接受采访，也不愿对剧评界发表意见。

秋花

"等长大了再回头看，一定觉得不值得一提，所以现在好好加油吧"这种话，岂不是语出惊人吗？故作老成的孩子并不罕见。

但是，那样的孩子到头来也不过是活在"当下"。一般孩子能够睁大眼睛在成长后的未来好好审视此刻幼小的自己吗？而且，当她展望未来时，还能用"一定"这样的字眼，就像是在时间洪流中自在地旅行。

9

我合起书本，熄掉台灯，沉入黑暗中，开始浮想联翩。

——少女触怒了"时间"，所以，她的"时间"不就被斩断了吗？

第四章

1

第二天晚上，和泉学妹的班主任打电话过来。

他先为冒昧来电致歉，然后用他还很年轻的声音问我跟和泉学妹聊了什么。我把无关紧要的对话内容告诉他，他沉默了一会儿。

"这些应该没什么参考价值，她好像还是不肯吐露内心的想法。"

如果和泉学妹的心是一只箱子，那么箱盖上必然压着重物，无法轻易打开。

"啊……"老师含糊地应了一声，"老实说，我也不知道该怎么办。不过，有你陪她说说话，她好像轻松了一点。"

"但愿如此。"

"她最近一直请假，可是今天居然来上学了，我尽量假装不经意地在走廊上喊住她，她说跟一位学姐聊了一下。以前我听朝井老师提过你，所以一猜就

95

是你。"

老师好像很想知道和泉学妹是否曾向我倾诉过什么。我挂断电话后，总觉得黑色电话线的另一端仍然留有困惑。

2

我的大学生活过得很顺遂。

毕业论文也已明确表示"要写芥川"。如果选个较少人研究的作家会比较好写，但这个决定犹如命中注定，不动如山。就算要写别的作家，我如果跨不过这座山，便哪里也去不了。况且我认为，所谓的作家论，不管评论谁，说穿了其实还是在谈自己。

幸好我过去发表的报告在老师和选修近代文学的同学之间颇受好评，下课后，甚至有人特地跑来夸奖我。对方是个体形略胖的同学，态度认真。看他的眼神，应该不是因为爱上我，大概是真的佩服吧。

今后，只要再花一年零几个月的时间把这篇论文整理出来，我的学生生涯便随之落幕了。从自己曾以为永远不变的学生身份再上一层楼，对于前方等待我的会是什么，我如堕云雾，难以把捉。

除了毕业论文，学分是另一个问题。大二时我的体育挂科了，我不想拖到大四才补修。所以，今年我选了什么呢——蹦床。每周一次，我在那儿又蹦又跳，这情形是去年的我压根儿想不到的。

新学年选修课程时，我在经常光顾的店里一边吃套餐，一边和小正、江美聊天，聊到了我的体育选修课。一提到这个话题，运动健将小正霎时变身虐待狂。

"好想替你选个超——累、超——痛苦的项目。"

她喜滋滋地把"超"拉长强调。

"射箭就不错。"江美说道。

"不行不行，这家伙一定会乱射，到时候铁定会因为误伤教练上新闻。"

"放心，先从站在箭靶前学拉弓开始，怎么样？"

我很感激她的建议，但我还是不置可否。其实，去年选修网球挂科了，就是因为我的臂力太差，球拍挡不住球的来势，控制不了方向。因此，我首先担心的就是弓拉不拉得开。当然，有些弓比较轻盈，但我还是不放心。小正窃笑。

"干脆选摔跤吧，可以强化体力。"

"少来！你自己的英文还不是挂科了。"

"喂，这是两码事吧！"

虽然是小小的反击，但脱口而出这种话，连我自己都觉得窝囊，"all pass"的江美笑眯眯地在一旁观战。此时，我忽然想到一个人。

"——圆紫先生！"

"啊？"

"你忘啦，在藏王不是见过他吗？"

他是第五代春樱亭圆紫，落语家[28]，也是我们的学长。说起我们的关系，校方先前在校刊的连载单元"与毕业生对谈"请到圆紫先生时，居然是我以在校生代表的身份访问了他。小正和江美都看过那本杂志，那年夏天我们去藏王时，也和圆紫先生见过面。

"那人怎么了？"

"我忽然想到圆紫先生的体育课故事。"

落语家与体育课也是一个奇妙的组合。江美双手一拍，说："对了，座谈会上有提到。我记得他选的是蹦床。"

"嗯。"

"当时他正在上课，朋友过来参观对吧！"

几个朋友打完麻将直接到大体育馆，圆紫先生每跳一次，他们就齐声吆喝，简直像在逛庙会看热闹。当时，运动服还没那么普及，据说圆紫先生穿的是他高中体育课常穿的白长裤。

我的两个好友面面相觑，笑得很诡异，然后热心推荐起圆紫先生选的项目。

"别这样！我觉得你们好像把我当成笑话。"

---

[28] 落语是日本的传统曲艺形式之一，通常由一个落语家讲述，以言辞巧妙、机智幽默的笑话或故事为特点。——编者注

"你这么别扭，只会一事无成。错过这次机会，你就永远也不会学蹦床了。"

"摔跤也是呀。"

我试图抵抗。蹦床也算"体操"的一种，显然不适合四肢简单的我。

"可是，有缘就另当别论。你不是圆紫先生的粉丝吗？那就是缘分，你就去学长选修过的项目体验一下吧，这一切没准就是命中注定的！"

江美一边说着，一边"嗯嗯嗯"地用力点头，被她这么一讲，我觉得好像也很有道理。结果，就这么天外飞来一笔，从葫芦里蹦出马，我误打误撞选了蹦床。（说句题外话，落语中有个段子讲的就是从葫芦里变出马来戏耍的神仙，题目叫作《铁拐》。）

蹦床的上课地点在大体育馆，位置和大一的羽毛球课一样。在靠近舞台的地方，有几张大弹簧垫并排放着。我忍不住暗自佩服大学怎么什么都有。

开始上课后，我发现老师并没有逼大家做我瞎操心的高难度动作。起先，只是字面意思上的弹跳，接着，老师叫大家蹲着做前滚翻和后滚翻。我怕自己办不到，心里打起了退堂鼓，结果在弹簧的协助下很自然就翻过去了，这就是最困难的部分了。

我还做了保持笔直卧姿躺着弹跳的动作，就技术层面而言并不难，也不可怕。问题是，为了保持伸直的脖子悬在半空中不能弯曲，颈部肌肉会有些酸痛。

我想起高中时期看过黑泽明的电影《乱》，电影简介上写了这么一段话——"某位演员必须以卧姿让脖子保持悬空，经过反复的彩排与正式演出后，脖子变粗了。"我不禁暗忖，自己的脖子不会也变粗吧！熬夜熬得像红眼兔子那叫可爱，可是蹦床练得像肥头粗颈的猪一点也不好玩。

上完课的第二天，我揉着脖子向母亲抱怨"痛死了"，母亲若无其事地回了我一句"去贴块德本止痛贴"。虽然我向来不修边幅，但好歹也是个二十岁的年轻姑娘，脖子上贴块膏药还能出门见人吗？总不能骗人说"这是现在原宿流行的打扮"吧。

不过，今年我的体育应该不会挂科了。我按照老师教的方法，一边以双手在身体两侧画圈圈，一边原地上下弹跳，以防身体左右晃动，忽然间想到圆紫先生在同一个地点这样跳跃时，我还在母亲的肚子里。圆紫先生穿着白长裤，我穿着运动服，在相隔二十年的同一地点跳跃。缀有日光灯和水银灯的高耸天花板在我跳起时靠近，落下后远离。

同样的，如果硬要比较，我的朋友也很讲义气地来参观了我的蹦床。那是六月的某个下雨天，小正和江美坐在体育馆二楼的位子，她们配合我的跳跃，上下移动着各自手中的雨伞，向我打招呼。

那一刻，不知怎的，忽然觉得等我有了孩子，而孩子也长大了，我八成会在深夜的厨房里蓦然想起这幅情景。

3

由于没遇到什么危险情况，这星期我也抱着平常心围在弹簧垫旁等候上场。

一名穿黑色运动服的男学生开始弹跳，大家早已见惯，没什么好提心吊胆的。不过，我还是觉得"这个人好像跳得太用力了"，就像在挑战某种极限运动。他跳得又猛又高，我忽然有种不好的预感，下一瞬间，他的身体往旁边弹起，落在弹簧垫边缘。他本应该原地蹲下，吸收冲击力，却偏偏试图稳住身体想站直，以致重心不稳被大力弹起，往外飞了出去，正好朝着我这个方向……

站在一旁的助教也来不及拦住他，只见一团黑影向我袭来，情急之下我的脑袋飞速运转。

逃吧——我条件反射地想到这个选择，不过我不能这么做。如果我闪开了，这个人铁定会狠狠撞到地板上。我是黑运动服男生与地板之间的"人肉垫"，一切仿佛命中注定，该说我是已经下定决心还是万念俱灰了呢？在不到几分之一秒的瞬间，我甚至思考了一下我们俩体形的差距。老天爷也太爱恶作剧了，如果把我俩互换，对方或许会一把抱住我，但即便如

101

此，下场也还是惨不忍睹。

此时，黑衣男的脚先飞踢过来，我后撤身子避免被踹到脸，明知不可能，还是摆出拦截的姿势，结果他的腰撞到了我的胸口。我虽然躲过了脚部的攻击，却被他甩过来的拳头从右方打中我的嘴巴，麻痹的痛楚和泰山压顶的重量同时袭来。我的眼前仿佛有一股急流哗啦啦闪过，我和黑运动服男生就这么撞成一团，双双倒地。我的背撞向地面，痛得我止住了呼吸。

"对不起，你没事吧？！"

对方明确的问话立刻传入我耳中，我痛得说不出话来，脑海中的字幕就像被小正附身般断断续续闪过"少废话／滚开／你这混蛋"的粗鲁字眼。我咬紧牙关，脸朝下，额头抵着漆亮的地板。在场的人都大吃一惊，统统围了过来。我不想让大家看到我最痛苦的表情，我一摇头，发丝拂过地板，发出沙沙的摩擦声，这声音从头盖骨直接传达到体内，只有我自己听得见。

对方一离开，我感到倏然一轻，深吸了一口气，撑起上半身。果然，指导老师、助教以及全体同学都围在旁边。我可不想以这种方式变成"大明星"，只好窝囊地挤出愚蠢的微笑，表明"我好得很"。

大家虽然修同一门体育课，但每周上课一次，下了课就作鸟兽散，彼此没什么交情。不过，我还是认识了几个可以闲聊的朋友，其中一个政治经济系二年级的小脸女孩小声说："……血。"

我赫然一惊，用右手手背碰触嘴巴右边，刚才那里挨了一拳。我移开手一看，食指根部像被小鸟啄过般变红了，看来是嘴唇破了。

我征得老师的许可，打算到厕所清理。此时，黑运动服男生追来了。

"那个……抱歉。"

他看起来很消沉，可怜兮兮的。

无论从身高或粗壮的外形看来，他都比我年长，不过实际情况不得而知。虽然血只流了几滴，但他看到这种具体的证据，当下的态度一变。我暗忖"说不定对方是个没什么想象力的人"。我全身关节疼痛不已，觉得自己会有这种想法还是太傲慢。

"我没事。真的。"

我挥挥手与他道别。

我在空荡荡的厕所里照镜子。从镜子的另一端可以看到，一个穿蓝灰色运动服的女生正站在镜前，微微皱眉，表情僵硬，下唇外侧破皮了。

我用舌尖试着探索，口腔里好像没事，难怪我没尝到血腥味，估计是刚才在我嘴唇微张之际，黑运动服同学一拳挥了过来，于是我的下唇撞到了上排的牙齿，血已经凝固了。

我扭开水龙头，用手指沾水抹去伤口上的血迹，

秋花

这样就不那么显眼了。然后，我用手帕轻轻按住那个伤口。

4

我大步踏上学生餐厅旁边的水泥台阶，一走进福利社的书店，就遇到新科少奶奶江美。她穿着砖红色裙子、缀有刺绣的白衬衫，脸庞白皙，衬得长发如濡湿般格外黑亮。

"怎么搞的？"

她那张圆脸露出不解的表情。

"你问这个？"

我指指嘴唇，她用力点头。没想到一眼就被看出来了，我很泄气。我观察一下四周，把脸凑过去悄声说："……被男人揍的，我被扑倒在地。"

江美双眼圆睁。

"这是犯罪。"

我们坐在外面的长椅上聊天，虽是晴天，午后的风仍吹得脖子发冷。我说明经过，江美说："真是无妄之灾，不过总比撞伤眼睛好。"

"那倒是。"

每次检查我都是一点二的视力，为了阅读，视力的确是我的重要资产。

"漫画里……"

"啥？"

"挨揍的人，眼眶不是都会变成熊猫眼吗？"

有道理。江美的"总比……好"，意思是相比更糟的情况，嘴唇的伤口还算好。不过，她的话并没有到此结束。

"……我本来以为，那是绘画的一种既定技巧。你想想看，漫画人物一旦挨揍，下一瞬间受伤的部位不都会被贴上十字形的创可贴吗？我一直这么以为。上初中后，班上的男生打架，左眼眶黑了一圈，真的好像月晕。我好想'啊'地大叹一声。事实就摆在眼前，我一直以为是虚构的情节原来真的存在于世界上。我相当震惊！"

虽然她语气温暾，但我能理解那种冲击。

"感觉'害怕'吗？"

"被你这么一说，或许是吧！"

"就像你看电视的时候正抱着看连续剧的心情。"

"是。"

"这时候，登场人物忽然转过头来，原来是你爸，或者镜头一转，屏幕上的内景竟是自家客厅，这样很可怕吧。"

江美默默想了一下，然后微笑说："……亏你还想得出这种比喻。"

下一堂课已经开始了。我们还能在这里闲聊，表

秋花

示我们俩这一堂都没课。一想到别人此时正在教室里上课，不由得悠哉了起来。两个看似大一新生的男孩，一边互相确认啦啦队歌的歌词和旋律，一边经过我们面前，大概是去看秋季联赛的吧。我看着他们的背影说："即便自以为日常生活安稳无事，但什么事都可能发生在我们身边。"

"或许吧，这个世界一步之外就有可能发生翻天覆地的变化。"

"说不定就有个男人莫名其妙地从天而降。"

"对啊。"

"然后，二话不说就求婚。"

"哎哟！"

江美就像开心的公主殿下，嫣然一笑。

"怎样，那一瞬间很震惊吗？"

"不知道，怎么说呢！"

"之后，世界改变了吗？"

我的发问夹杂着调侃，不过，江美微微歪着脑袋想了一下，然后说："跟你说，昨天这个时候，剧团练习正好有空当，我坐在公园长椅上休息。"

文学院前面，隔着一条马路就是神社与公园。有时候，我也会在那个略微隆起的小土丘上发呆。

"……后来，一个小学三年级的女生背着书包边走边唱歌，穿越公园。"

江美一边轻轻点头打拍子，一边哼唱。她的音感极佳，旋律只要听过一次就能记住。

……

青蛙蹦太　真厉害
三级跳远　两公尺
明天还要　跳更远

……

歌声清亮如秋风。江美唱到一半，蓦地打住。

"那个小小的背影，辫子在黄帽子底下晃动着。但我听到她的歌声，不知为何眼眶就红了。如果是去年，我大概只会觉得'好可爱'吧！"

我忽然觉得，同龄的江美好像变得比我成熟多了。仔细想想，结婚几乎是为了孕育孩子，走上当母亲的第一步。

"也就是说，江美你……"

我意味深长地盯着她，江美也察觉到了。

"哎哟，还早！"说着，她扑哧一笑，把手放在肚子上，"好像是有点大，不过纯粹是因为我食欲太好。"

"真可惜，我还以为明年就能看到小宝宝了。"

"明年能看到的是毕业论文。"

"你的意思是要专心当'学生'？"

"也包括当学生。"

107

"'也包括'这个字眼很暧昧哦，这位太太。"

"不好意思啦。"

话题聊起来虽然轻松愉快，但若变成事实，恐怕会有种种麻烦。

"你下个月就能跟你老公团聚了，文化祭就像你们的七夕。"

"就算下雨也没关系。"

"这一点的确跟牛郎织女不一样。"

"对了，在那之前，"江美说着双手一拍，"我们一起去徒步吧，趁还有秋意。"

"好主意！我这个闲人非常欢迎。"

其实我也是这么想的，不过，考虑到两人（尤其是江美）在文化祭之前的紧凑行程，我不敢随便出主意。

今年春天，我组织了一次"王子的狐狸"之旅。我们从纸博物馆出发，途经王子稻荷神社、名主之泷瀑布，穿越飞鸟山，一直走到古河庭园。虽然当时樱花已凋谢，但我们三人的话题犹如繁花绽放，聊得非常尽兴。

我们上次的"三人行"发生在江美决定结婚的前夕，我正在阅读文学全集解说，看着书上的照片说明，忽然大叫："啊！石川淳[29]大师走的沙滩不就在

---

(29) 石川淳（1899—1987），小说家、评论家。

高冈正子她家那边吗？""废话，哪像你家四周，顶多只有猫咪散步吧。""小正，你也太小气了吧。""哪里小气了？你真是莫名其妙。"经过一番唇枪舌剑，不知不觉中，连原本在一旁微笑观战的江美也决定杀到神奈川西部小正住的城市了。

"那，我再跟小正商量一下日期怎么样？"

"好啊好啊！"我立刻回应，并反问，"……那，我们要去哪里？"

江美露出惊愕的表情，握拳敲敲脑袋。

"这个我还压根儿没想过呢。"

5

黄昏转为黑夜时，我回到了镇上。出租车、私家车、自行车，还有赶着回家的人潮，在站前马路上来去匆匆。我刚过了桥右转，后方驶来的一辆摩托车发出沉重的咆哮声朝我靠近。

我感到奇怪，摩托车把我挤到河边的铁丝网才停下来。

我心跳加快。虽然离大马路只有几公尺，但这条路很暗，人烟稀少。当然，有几个人从旁边经过，但大家都目不斜视，懒得管闲事。

我故作镇定，打算从摩托车前轮旁抽身。沿路都是普通民宅，几户之外有一间我家经常光顾的鱼店。说是常光顾，其实一年也只买过几次而已，但鱼店的门是开着的。如果被纠缠，我打算躲进去。

没想到，那名骑车的男子猛然凑近，对正想离开的我喊出了我的名字，然后啪的一声摘下了头盔。

"哎呀！"

"果然是你，我就觉得很像。"

我本来还在想这张脸好面熟，一听声音恍然大悟，原来是我初中的同班同学。他当然没穿校服。这个季节的夜晚，怕冷的我骑车时已经把外套的袖口拉到指尖了，这个人却把印花衬衫的领口大敞，露出脖子上细细的金链，头发也染成了玉米须的颜色。

"吓我一跳。谁让你不打招呼就忽然靠过来。"

我老实这么说，他啪地拍了一下头盔。

"抱歉，抱歉。"他的笑容和七八年前的初中时期一样，然后说，"还记得我吗？"

"嗯，你坐在靠窗那一排的中间吧？"

"还记得我的名字吗？"

这我就想不起来了，觉得很不好意思。

"嗯……快要想起来了。"

我歪着头，拉起肩上的背包，那里面塞着折好的运动服，所以看起来比平常鼓胀。

"想不起来吧？"

慢着，我暗想。当时的座位是按照五十音的顺序排列的，从窗边那排开始数。

"'伊'——我记得有'伊'吧？"

"对。"

他喜形于色。

"呃——"

"伊原啦，伊原。"

我如释重负。

"对，你以前很会吊单杠吧？"

我想起课间休息时他会在大家的围观下表演单杠，摆动的身体真的可以翻转一圈，像一个背对蓝天的大车轮。

"还好吧。"他腼腆地说，然后问，"你在上大学吗？"

"嗯。"

"真厉害。"

"一点儿也不厉害。"

我的手指钩在铁丝网上，触到了灰尘，像沾到面粉。我轻轻放下手。

"哪像我每天累得半死。"

"你在工作？"

"对啊，加油站。"

"加油比较便宜吗？"

我指指摩托车。

"你说这个？……还好吧。"

"你飙车？"

"对啊，很蠢吗？"

"嗯，制造噪声不太好，半夜还会发出爆炸一样的怪声，来来往往好几次，真的很烦人，让我很想揍车主一顿。"

他笑得贼兮兮。

"搞不好就是我呢！"

"是啊。"

"心烦，不飙车不行。我不但被压榨劳力，还得听一些令人火大的冷嘲热讽。"

"可是工时是固定的吧？"

"别傻了，老板根本不管那个。"

"那你们不会抱怨？"

"谁敢抱怨，老板马上让你走人。现在加油站的打工机会少，一堆人排队等着呢。"

他的眼神蓦地闪现出对现实的不安。我不知如何回话，只能望着河面，它的水位比夏天低了许多，正摇曳着对岸的CD出租店刺眼的霓虹灯倒影。

"上车吧。"

"啊？"

"你家还在前面吧。我送你到对面的桥那边。"

"不用啦，我心领了。"

"别这么说嘛，我保证不会飙车，比自行车还慢。"

他的声音近乎哀求。

遇到我，让他脱离了日常生活，想起初中时代，重返在众人围观下表演大车轮赢得赞叹的时光，所以他才会这么提议吧。他想搭载的其实不是我，是那段"中学时光"。

我上车后，他果然像保证的那样，以前所未有的慢速缓缓骑了数百米，到达了下一座桥。

6

快到深夜时，我打电话给小正。她们好像还没联络上，我把江美的想法告诉她，她很高兴地表示"这个主意好"。

我把体育课发生的意外告诉她，顺便提到我搭同学的摩托车回家的事情，小正对后者颇有微词。

"我不太喜欢那样。"

"为什么？"

"那不像你的作风。你不是那种不戴头盔就坐人家摩托车的人。"

"像不像的标准是谁定的？"

"你自己心里清楚，别再狡辩了。"

这就是小正的论调，当她对自己的立场极有把握时，根本不在乎对方的认真反对。她这种态度有时候会让人气得咬牙切齿，不过，这次她也许说对了。

"可我还是坐了。"

"所以说到底，你为什么这么做呢？我怀疑是因为'内疚'。"

"内疚？"

"对！对方好像生活得挺艰苦的，你却过得逍遥自在，所以你想补偿一下。"

"不见得吧！"

我叹气，不过被她这么一说，好像真是这样。想不起人家的名字应该也是"内疚"的原因之一吧。

"我不能说那是错的。但这样一来，你等于是'虽非出于本意，那就让你载一下吧'。看起来好像很贴心，其实很虚伪。"

"如果照你这么说，我岂不是什么都不能做了。"

"不，也还好啦。"说到这里，小正想了一下，"我收回之前那句话好了。"

"哪句话？"

"'不像你的作风'那一句。其实，这时候做出'不像你的作风'的事，或许就是你的作风。"

"……"

"这可不是在夸你，懂吗？"

最后补上的这句声明真够狠的，小正真烦人。

"懂啦。"

我又反问道："换作是你会怎么做？"

"要是初中毕业后就没见过面，我当然不会上他的车。"

"是吗？"

"那当然。这是一般女生的正常反应。"

"……我想也是。"

"想想不是挺危险的吗？理应保持警惕。"

"我知道了。"

"还有就是要对自己负责。说穿了，如果上车后被他强行带走，陷入危险怎么办？"

我的心情就像嗅到腐臭的气味一样恶心，握着话筒的手忍不住用力起来。

"你不能这么说他，我也不想听。他才不是那种人。"

"我不是在批评那个男生，只是说在一般情况下，谁也说不准会发生什么事，一切都有可能发生，这点你无法否认吧？万一你真的遭遇了意外，你到底该怎么办？"

"在那样之前我会咬舌自尽。"

"你咬不下去的。"没错，这就是冷酷的现实。小正补充道："哪怕你敢于面对，我也觉得世界上根本没有'真的逃得掉的事'。"

我自嘲地说："大不了趁拐弯时速度放慢再跳车，不是撞到头就是两腿骨折。"

我想说的是为"逃跑"付出的代价。小正却说：

"别傻了，如果你碰上真正的坏蛋，等你动弹不得时就死定了。"

我不禁小声尖叫："别说了！"

宛如被泼了盆冷水，我悚然战栗。难道非得把事情看透到这种地步不可吗？痛苦挣扎的身体被拖入深不见底的深渊中，无论是被拖下去的人，或是拖人的人，都毫无希望得到救赎。

的确，那种情况并非不可能发生。我想到了命运的恶意。

7

第二天中午，邮差送来了一只奶油色信封，是圆紫先生的事务所寄来的。当时我正要出门，所以把它直接塞进了包里，等坐上了开往东京的快速电车后才拆封。

里面装的是演出的内部赠票，地点不在东京，而在我家附近，是和泉学妹曾经提到的邻市剧场，所以才会寄给我吧，就算我没空也能把票转送给别人。正当我惊愕之际，电车抵达了那一站，人潮上上下下，然后再度发车。图书馆就在旁边，里面应该也摆放了演出宣传单，而我却没注意到，这大概就是所谓的"灯下黑"吧。

在电车规律而轻微的晃动中，我仔细看那张传单，原来这次的演出是本县秋季文化活动的一部分，邻市将上演端呗(30)、落语和义太夫(31)。虽然看起来比较松散没有主题，但对于我这种只在课堂上学到"歌泽"(32)的"歌"应该写成平假名（uta），实际上却听不出它的优美之处的学生而言，或许是个很好的入门机会。圆紫先生的演出在文化节当天上午，不过我还打算去看看其他的。

说起来，不知为何，过了一夜，回想小正的话，我总会联想到津田学妹的意外。如果遭遇那种情况，几个小时前还笑得很开朗的女孩的确可能在冲动之余跳下黑暗的校园。我暂时想不到其他可能，思绪便自然而然拐到了这个方向。

另一方面，我也知道这只是联想而非事实。对于这种离奇死亡，警方不可能没有展开过围绕那种可能的调查。如果背后真的隐藏了性犯罪，警方想必早已行动，朝井老师的态度也会截然不同。

但话说回来，津田学妹如果受到的是精神层面上的伤害，就算医生再怎么检查这具失去灵魂的躯壳，恐怕也不会有任何发现。说得更具体一点，和泉学妹的神态令我想到所谓的三角恋，也许是因为我脑海中

---

(30) 江户末期至幕府时代流行于江户，以三弦琴伴奏的小调歌曲。

(31) 在三弦琴的伴奏下表演净琉璃的故事和台词。

(32) 以端呗为主添加其他音乐的曲风，分为寅派与芝派，两派合称时写成歌(uta)泽。

还残留着她们俩奇怪的"决斗"画面。这种揣测极其庸俗，但如果你把身体和感情都献给某个男人（我讨厌这种说法），却发现这个人其实也对你的好友说过同样的甜言蜜语，那一刻不是赫然发现自己被玷污了吗？

当然了，我这与其说是幻想，倒不如说是在胡思乱想。我又想起之前透过电话听到的那个年轻班主任的嗓音了。我知道这样很失礼，同时，回想自己的高中生涯，纵使老师再年轻，在我们心目中依旧是个"大叔"。说得极端一点，八十七岁与九十二岁的人通常意识不到中间的年龄差距，但十七岁到二十二岁的世界则截然不同。再说，学生对老师动真情应该很少见吧，我也不认为津田学妹是那种人。

——然而，思绪却在这里不停地打转，所以称之为胡思乱想。

我还是决定回母校看看，哪怕白跑一趟。我当然不可能问朝井老师这个问题。可我想亲眼看看那位班主任，或许见过就能消除我的胡思乱想。

放学后，我到旧书店逛了一圈，在老街的餐厅吃了炒饭才回家。走到家门口时，天色比昨天这个时候还暗，夜色中浮现出一抹白，插在信箱里，那是一个露出末端三分之一的信封。

"怪了。"我暗想。

圆紫先生的赠票是中午送来的，邮差送信通常一天一次。况且，信封就这样插在信箱里，显然是晚报之后送来的。

我抽出来一看，是个普通的白色信封，正面以片假名写着我的名字，笔迹好像用尺子画出来似的。我随口朝屋里喊了声"我回来了"，便冲上楼，找出剪刀拆信。在日光灯下，那张白得刺眼的信纸上只列了一行宛如机器人写的毫无感情的文字。

与其说我在读那行字，不如说是那行字在等待我的反应。好一阵子，我就这么凝视着那封信，动也不动。

信上是这么写的——

　　　津田真理子　是　被杀死的

第五章

1

　　我前往玄关处附近的自行车停车场，瞥见铁柱上一块用铁丝绑着写有"教职员、来宾专用"的木牌。我虽然没资格当"来宾"，但还是把自行车停妥上锁。

　　星期六的午后，大部分学生都离校了，零星可见三三两两的人身着深蓝色校服走向校门，宛如叽叽喳喳的小鸟。

　　操场上，几名舞蹈社的学生正一边发声，一边学螃蟹横行。不过，运动社团的正式练习还没开始。在远方那栋枯草色的社团大楼前，一群换上金属绿队服的垒球队学生席地而坐，像在晒太阳似的懒散交谈。

　　这幅风景上方，是深邃得仿佛会把人吸进去的秋日无垠晴空。

　　我拎着纸袋，从玄关进去，换上"来宾"用的室内拖鞋。

　　教师办公室在三楼。我推开那扇灰色的门，办公桌前的座位多半是空的。我只认识教过我的老师，毕业后这三年老师也有变动。我在寻找老面孔之际，瘦削的数学老师在附近的座位上与我四目相对，并朝我点头。高二时他教过我，不过，对我这个典型的文科学生来说，实在没脸相见。老师停下打印讲义的动作，以熟悉的声音说："嗨，好久不见。"

一头白发虽抢眼，但给人感觉还是很年轻。

"老师别来无恙。"

"彼此彼此。"

我靠过去，看着桌上的讲义说："小考？"

"对啊，怀念吗？"

"不会。"

差点脱口而出"怎么可能"，连忙打住。

"真是女大十八变。"

白色的休闲衬衫配黑长裤，不起眼得很，我想，还不至于美得像朵花吧。

"是吗？"

"对呀，你变得很成熟，好像来卖保险的。"

真令人沮丧，同时也暗自点头，原来会闯入办公室的校外"女性"，不是学生的母亲就是业务员。

"老师一点也没变。"

"我想也是。"他点点头，然后问，"今天来有什么事？"

"呃，我想找朝井老师。"

秋花

"朝井老师？朝井老师……出差去了。"老师转头看向黑板，说出县北某市的名字。出差的老师姓名和出差地点都记在上面。"本庄市啊，还真远。听说好像有什么全县比赛。"

不管什么理由，人不在就没戏了。我无意识地压低嗓音："那么，饭岛老师呢？"

"找我吗？"

背后有人出声，我吃惊地转身，一个看上去很和善的圆脸老师，左手拿着点名册和班级日志，右手捧着教科书。

2

老师把点名册和班级日志放回原来的位置，带我绕过办公桌，到后面一个以屏风围起来的小房间。说是房间，其实只是一个被隔出来的角落，里面摆了一套沙发，可稍事休息或召开简单的会议。

老师叫我坐下，把手上的教科书放到桌上。那是《政治经济学》，原来他是社会学老师。

"唉，我去监督学生打扫，结束后又跟学生聊了一会儿，所以回来晚了。"

难怪老师拿着点名册。这原本是由值周生负责送回来，以前我一年也得做个两次。大概是因为老师随和，说了声"我拿去就好了"，便自己带了回来。

"那么，老师还没吃中饭吗？"

"不不不，趁第三堂没课，我已经去餐厅吃了猪排饭。学校餐厅的东西挺好吃的！"

"是吗？"

"嗯，哪像我高中时期的咖喱饭，我以为里面有肉，兴奋地咬下去后才发现是整坨咖喱粉，嘴里又干又辣，真是怕了。"

听起来，纯粹是他高中的伙食太糟糕。

"老师不带饭吗？"

"很少。除非前一晚自己下厨，才会把剩菜带来。记得有一次……"

他说到这里，还提到家政课老师的名字。"还被某某老师盯着打量，教训我'肚子可不是垃圾场'。"

那位女老师是个身材矮小、眼神凌厉的"小辣椒"。我略收下巴，模仿印象中那位老师的架势与眼神。饭岛老师放声大笑。

"对对对，就是那个样子。"

然后一阵短暂的沉默，因为我们都知道话题最后会转向何处。老师主动开口问："……出了什么事？"

我犹豫着该怎么回答。如果朝井老师在，我本来打算把那封信的事告诉他。寄信人除了和泉我想不到还有谁，但如果真是她，为什么要这样做呢？她真的认为津田学妹是被害死的吗？

123

可是，根据朝井老师对当时状况的说明，不管是谁都不可能杀害津田学妹吧。假设有人推她坠楼，那个凶手究竟如何从上锁且门外有人看守的顶楼天台逃走呢？这种事只有小仙女叮当[33]才办得到。

"不，其实也没什么大事……"我含糊其词，然后反过来问他，"和泉学妹这几天有来上课吗？"

"对，托你的福。跟你聊过后好多了。"

听来只是客套话，他的语气并不开朗。

"她现在怎么样？恢复正常了吗？"

"不，还是不肯说话，只在必要的时候做出回应，其余时间都在发呆。"

我问了一个现实的问题："可以顺利毕业吧？"

"她第一学期的表现很正常。至于缺课的问题，如果今后她保持正常出勤应该不要紧，虽然成绩退步很多，不过整体来看还不至于不及格。"

"她上课专心吗？"

"顶多算抬着头坐在座位上而已。不过，来上课听过的内容她大致还写得出来。"

"啊对了，期中考试刚结束是吧？"

"对，就是上周。和泉那四天都来了，会写的题也都写了。听说她在家几乎没念书，不过，目前只要她肯来考试就很好了。"

---

(33) 叮当（Tinkerbell），童话故事《彼得·潘》中的人物。

老师的言下之意，是希望她今后能继续来上课，并逐步恢复原状。

"您是头一次当班主任吗？"

"你是三年前毕业的吧？你毕业那年我正好大学毕业进来教书，就教她们这个年级的课。去年开始接替上一任的班主任。"

"老师您真年轻。"

"是不成熟。不过，我认为有些事只有在不成熟的时候才办得到。"

我心有同感地点点头。

对面陆续有老师说"先走了"并离开，办公室好像变得更空旷了。我一边瞥着桌上的教科书一边问："这个，也是《政治经济学》吧？"

"对，那件事也很古怪。"

"和泉学妹应该没时间从棺木里取出津田学妹的课本吧？"

"当然。棺木从盖上盖子到钉上钉子都没被开过。"

"钉上钉子"这个字眼有种莫名鲜活的金属撞击声，刺痛了我的耳朵。我动动脖子，试图甩掉那种感觉，把脑中盘旋的念头说了出来："有没有可能放进棺材里的是和泉学妹的课本？"

老师惊讶地皱眉。

"什么意思？"

秋花

"以她们俩的交情，我想一定也是一起复习功课。我想，或许那时候她们彼此拿错了课本，也没有换回来，于是津田学妹的书架上放的其实是和泉学妹的课本。"

老师的视线略微低垂，思考我这个假说的意义，最后说："原来如此……所以和泉手里就留有津田的课本，对吧？"

"对，和泉学妹在意外发生后，精神变得很不稳定。这时候，她看到津田学妹的课本不仅伤心，还会有罪恶感，觉得那本没烧掉的课本仿佛在谴责她依然能安稳地生活，不像她失去的那位好友。所以，她感到一种宿命，才会把那句'看不见的手'画线并复印，放进我家信箱的。换句话说，她'希望被谴责'，于是主动暴露自己，只是因为我凑巧住在附近，所以选中了我。"

老师又说了一次"原来如此"。我自己也觉得这个解释有点牵强，但不这样想根本说不通。"津田真理子　是　被人杀死的"这十一个字如果是这个猜想的延伸，就可以解释为和泉学妹仍然在强调同一件事，只是采用了更激烈、更古怪的说法。

"关于和泉会因为一点小事而精神崩溃，这点我可以理解。不是因为她现在变成这样我才这么说的。我从一年级开始教她，她虽然看起来笑眯眯的，很开朗，可我当了班主任以后发现她其实内心很脆弱，需要精神支持。至于津田，她高二才成为我的学生。她是文科生，平时虽然不爱说话，也不爱表现，却是个很坚强的孩子。这些我都看得很清楚。"

"说到文科，她们的升学志愿是什么？"

"和泉想考短期大学，津田想读音乐方面的大学。"

"音乐？"我有点纳闷，"不是美术吗？"

我记得津田学妹应该是跟和泉学妹一起选修了美术。

"这一点很有趣，很像她的作风。当初面谈时我也反问过，可是她表示还是想学音乐，演奏或作曲都行，就想以音乐的方式来创作，据说是她的梦想。实际上，她好像从小就学钢琴，就连考试期间也没有停止过练琴。关于报考音乐系的事，听说那位钢琴老师也给了她不少建议。"

"如此说来，津田是为了和泉才选修美术的吧？"

"你也这么想吧。"老师倾身向前，"总觉得她们为了同班才一起选了美术。以她们形影不离的交情，任何人都会这么想吧。所以我也忍不住脱口问她：'真的是这样吗？'结果她还笑我。"

我仿佛看到津田那张有一双凤眼的娃娃脸，霎时浮现起仿佛在冬日遥想春天的表情。

"笑你？"

"不是嘲笑，是莞尔一笑，很难形容的笑容，充满善意。然后津田说：'老师，你认为选修美术是浪费时间吗？我倒觉得音乐和美术是一回事。我的字很丑，我想书法一定也是如此。无论是看书、走路，还是这样说话，我认为其实都是一回事。'老实说，我当时觉得很羞愧。'你是为了和泉才选修美术的吗？'这种说法好像在下意识计算得失，功利地认定学美术就是'浪费'。比起我这种人，津田她……对，非常纯粹。"

3

"她们的家人现在是什么状况？"

津田家与和泉家，想必不可能平静度日吧。

"津田的父亲在国外工作，所以现在家里只剩下她母亲，一个人很孤独。在我看来，津田是在校期间发生的意外，虽然目前还不清楚原因，但就算校方再道歉，也弥补不了她们家的遗憾。然而，她母亲却说'小女不该擅自跑到那种地方'，一直压抑自己的情绪，甚至还反过来担心和泉。"

我想起台风天遇到的津田妈妈，幽幽地说："津田应该比较像爸爸吧。"

"应该吧，我只在葬礼上见过。不过，津田的脾气好像受到了母亲的影响。"

我叹了一口气。

"那么和泉家……"

"目前只能先默默观望女儿的情况。她们俩从小到大的交情，家人最清楚，就像双胞胎。其中一个忽然遭遇意外，家人当然能理解另一个人受到的打击有多大。但愿时间能抚平一切，等和泉慢慢习惯津田已不在人世的事实。除此之外，别无他法。"

老师说着，别起额前微鬈的发丝。

"津田学妹发生意外的原因还是查不出来吗？"

"你是说她为什么想不开吗？"

"嗯。"

"她在班上的表现直到那天为止都毫无异样，我想你应该也听朝井老师说过了，就连事发那晚也跟平常没两样。"

对于饭岛老师的揣测随着我们的交谈如朝雾般倏然消失了。然而，即便打消了对特定人物的疑心，那段令我起疑的记忆仍留在脑海一隅。所以，我忍不住一时嘴快："比方说，跟谁交往然后被甩了……"

此话一出口，才发现有种难以忍受的鄙俗，我不禁脸红了。那不是害羞，而是说出这种话的羞耻。

"这我们就不知道了，这种事当事人通常也不太会说吧。如果真有人知道，比起老师和父母，朋友应该更清楚。"老师说完，好像想起了什么，"你要去学生会看看吗？"

秋花

"嗯，我是这么打算的。"

"应该还有几个人在吧，你可以跟她们聊聊。十月起，学生会干部已由二年级学生接任，不过大家都认识津田。对了，你不妨也找结城谈一谈。她放学后都在图书馆看书。"

结城，就是朝井老师也曾经提到过的学生会前任会长。

"那会不会打扰她……"

"没关系。不过，也请你顺便跟她聊聊大学的事，没准可以提供一点建议。说到打扰，我才应该回避。你们随便聊。"

老师弯腰想起身，却又缓缓坐了下来。

"……我真正遗憾的是自己终究还是没听过津田弹琴，辜负了这半年的相处时光。有时……我会突然想起这个遗憾。"

接着，他以手撑着膝盖，站了起来。

4

饭岛老师在前带路，不过我也很熟悉路，地点一清二楚。教师办公室隔壁是打印室，再过去就是学生会办公室。

里面有三个女孩正在玩扑克牌。

"搞什么！既然在玩，还不如回家好好看书。"

戴眼镜的大块头女生转脸过来。

"没有，我们一边讨论一边玩。"

其他两人也异口同声说："这样才能充分利用时间。"

室内和三年前几乎没什么改变，窗户正对着银杏树，右边有张桌子放着打印机，是校方在我们高二那年添购的，因为有人抱怨学生把机器弄坏了，朝井老师便追加预算添购了。比起衬衫或球鞋，这种东西我们不可能自己买，所以对于它的价格毫无概念。当时一听到价格，我们都忍不住惊叫，不知道一天到晚接触的机器竟然这么贵。本来有一台旧的，可以马马虎虎凑合着用，但每逢紧要关头就出毛病，而且学生进打印室多半得事先报告老师，因为校方不准学生擅自使用，这样非常麻烦。所以，当新机器送进学生会办公室时，包括当时担任学生会长的学姐在内，大家就像一群看到罗密欧的朱丽叶那样欣喜若狂。

左边靠墙排放的档案柜里，陈列着以学生会刊物为主的各种记录文档。说到会刊，我参与编辑的那三本也已经成为历史的一部分。写满行程的黑板和校内电话号码对照表，这些也和以前一样。

不一样的是长桌与书架的摆放位置，以及墙上贴的东西。此外，还有装在浅紫色小相框里的一张照片，拍的是集体宿舍前正在骑自行车的一名高中女

秋花

生，当时好像刚下过雨，车轮嵌进大水洼，水花四溅，女生的双脚离开踏板，正朝镜头露出"别闹了"的表情。

"话说回来，有客人来了，你们要是回家了，我也会很伤脑筋。"

我上前一步，报上姓名并打招呼。三人一脸疑惑，老师继续说："今年高三学生刚入学那年，这位学姐正好毕业，她以前也是学生会的成员，就住在津田家附近。"室内顿时弥漫起一丝淡淡的紧张气氛。"如果你们知道任何有关津田的往事，能不能告诉她？因为她在校外，没办法得知校内的情况。"

老师离开后，一个戴眼镜的女生以略微低沉的嗓音请我坐下。然后，我从纸袋里取出买来的饼干。

"这是带给大家的点心。"

"太不好意思了。"

戴眼镜的女生自称藤泽，是秋天接任结城的新会长。另一个高个子女生姓松冈，还有一个眼睛骨碌碌转的女生才一年级，姓岛村。

我再次环视室内。

"都没变啊。"

"是吗？"

"那些字居然还留着！"

我指着墙上那张校内电话对照表旁边的空白，字迹虽已褪色但还辨认得出来，强而有力地写着"吃饭时请遵守浦边三大原则！"底下有不同的字迹注记"瞎说！"

只要有一群人，其中一定有人比较显眼。在我高三那年加入的圆圆脸同学浦边就是这种风云人物。她很活泼也很有领导能力，这"三大原则"在学生会也相当出名。

"哇，这个是从学姐那时候开始有的吗？"

"对呀，我还记得浦边当时写下这些字的情景。"

"浦边，既然你这么爱碎碎念，那就给老子写下来呀！"某人这么说道。（在此说明，如果你产生了某种联想，那么很抱歉，说这话的当然是高中女生，而且这种粗鲁语气是家常便饭。不过，如果你们听过现在街头年轻女生的对话，那么对比之下，本校女生的说话方式无异于贵族淑女。）于是，她立刻说了声"遵命"就写上去了。

"'三大原则'你们知道吗？"

"知道，听过。"

这位新会长入学时，浦边已经三年级了。

"你们会遵守吗？"

"试过'菠萝包'那条。"

"结果怎样？"

"虽然有她的道理，但我不想再试第二次。"

三人面面相觑，哧哧发笑。

"三大原则"是浦边提倡的，即如何享用美味面

133

包指南。第一条是"菠萝包法则"，规定"先吃里面柔软的部分，把甜甜脆脆的酥皮留到最后享用"；第二条是"豆沙包法则"，"一定要先含一口牛奶，这样才能吃到豆沙牛奶的口感"；第三条是"咖喱包法则"，这是因为供应学校的面包店做的咖喱面包分量很大，咖喱特别多，所以"需要另外准备吐司，包裹多余的咖喱，享受双重美味"。

"你们知道浦边毕业以后去了哪里？"

"她念家政短期大学。"

她在短期大学一定也很风光吧，时间的齿轮就这么转动着。

"三年级学生已经不来这里了吗？"

"对，很少出现。"

"那和泉呢？"

会长听到这个问题似乎很意外，顿了一下才说："根本没来——"

"看来打击果然很大。"

"对了，学姐听说过她崩溃的事吗？"

我点点头。松冈那纤细的十指在桌上交握着，说："她连续两三天脸色苍白，之后变得像个人偶。尤其是她原先那么开朗，让我不禁怀疑一个人的转变怎么能这么大……想想都害怕。"

"关于津田的意外，现在还不清楚原因吗？"

"校方只向我们说明是'原因不明的意外'。不过，好像不是不方便说明，而是真的查不出来。"

"她是一个人上楼顶的吗？"

"在晚上点名之前，我们并没有一一确认人数，也没有特别注意。因为大家都在聊天或打游戏，也有人在自动贩卖机买饮料。所以，就算有人不在场也不会被发现。"

松冈谨慎地遣词用字。因为我问到"津田是一个人上楼顶的吗？"等于是在问"和泉没有一起去吗？"

我进一步追问："就算问某个特定人物的行踪，你们也都不知道吧？"

会长回答："是的。"

5

"那晚，津田与和泉拿着铁管在玩决斗游戏，你们看到了吗？"

三人纷纷瞪大了眼。她们的惊愕令我暗骂自己的轻率。

"真的吗？！"

"没那么夸张啦，只是在打闹。"

准确地说，我应该用"大概"这个推测词。不过铁管这个字眼的暗示，不管再怎么解释，听起来都很

秋花

吓人。而且最不可思议的是，她俩怎么会刚好找到两根长度与"剑"一样的铁管？

"我们不知道。原来还发生过这种事啊！"

"我是听朝井老师说的。不过，既然大家都不知道，就请你们别说出去。虽然没什么大不了的，但万一引起误会就麻烦了。"

简直是越描越黑。

"——知道了。"

"那你们也没看过她俩拿着那个东西？"

"对啊！"

朝井老师不可能说谎。但一想到那个画面感觉也太诡异了。两个好友，晚上在餐厅前上演决斗，而且学妹完全不知情，若非老师凑巧路过，谁也不会撞见，别说是决斗了，恐怕连铁管的存在都没有人知道。

换言之，那是刻意避人耳目进行的。若是刻意隐瞒，光用"两个女生一时兴起的打闹"已无法解释。

原本是最符合实际的一种解释，现在好像也说不通了。

"津田是什么样的学姐？"

"不唠叨也不吹毛求疵，她总是站在一定的距离外旁观，让我们自由发挥。不过又很有存在感。我也不太会形容，反正她是个气质独特的人。"

会长这么一说，松冈迫不及待地补充："我去年看过美术社的展出，是和泉学姐叫我去的。感觉'别人的画'很多，'津田学姐的画'只有几张，画的是普通的静物和风景，不过她的用色很特别，处处都是异于实物的颜色，整体看来又很和谐。我当时觉得她真的很厉害，对于自己非用不可的颜色，不是根据理性或常识，而是用心去感受。"

她一口气说道。

"学妹，你喜欢画画吧？"

松冈很开心，又有点感伤地回答："对啊，可惜画得不好。"

力不从心就是这个世界的常态吧。我故作老成地说这样的话或许很可笑，但我认为年轻时恐怕更是如此，无论是因为能力不足还是理想高不可攀。

这时候，门开了，一个穿校服的女生用清亮的嗓音朝我说了声"打扰了"。她的下巴有棱有角，嘴唇薄而坚毅，整张脸展现出坚毅的气质。

她把门关上，自我介绍："我是结城。"

她还没开口，我已经猜到了。同样都是学生会会长，有人是在苦无人选的情况下受老师委托接任的，也有人是从激烈的竞争中脱颖而出的，情况各种各样。有人低调内敛，只求任期内不出问题；有人不分对象的身份高低，一概笑脸相迎，因此备受欢迎；有人事必躬亲，凡事不假他人之手；当然，偶尔也会出现发挥卓越领导力的强势会长。

137

耗费半年准备的文化祭忽然喊停，仔细想想，遭遇这种变动或许比照常举办的处境更艰难。结城身处这项艰难任务的旋涡中，却毫无怨言地安抚同学，这样的会长自然属于最后一种类型。

6

"我想津田应该没有交往的对象。"结城干脆地回答，"我觉得，我们想要的是一个能陪着我们一起去某个地方的'男人'，所以大家会很好奇别人都在和什么样的人交往，还会把初中的毕业纪念册带来，下课时间一到，纷纷把以前的男同学当成私人物品去比较，还会沾沾自喜。"

"我们的确也这么做过。"

我向来只有围观别人的份，不过的确常有人带毕业纪念册来学校。

"说到底，大家只是觉得跟男生去哪里走走就很开心了。有人一想到自己可能还没体验过，十六七岁的美好年华便匆匆消逝，就好像被什么追赶似的，感觉很不安。就像眼前的美食还来不及吃，盘子已经被不断地收走了似的。可是，我认为津田不需要这种意义上的'男人'。如果她将来交了男友，对方应该是那种很认同她的人，她说好对方就说好，她说美对方也说美。"

"可是，那种男友很难找吧？"

"对啊！不过，我认为她不会因此而心急。"

"你们同班？"

"二年级时同班。我也是文科生，可是三年级不同班。我印象最深的就是游泳的时候，津田不是留着一头长发吗？"

"是啊！"

其他学校我不清楚，但本校对于发型的规定向来宽松。

"每次换泳衣时，她总是把那头长发迅速盘绕起来，藏进泳帽里。她走在泳池边时，泳帽也不会鼓起来。我看惯了她平时的发型，总感觉她像在变魔术。津田出事后，我的脑海中经常浮现她游泳时的情景，就好像从摇奖机掉出来的彩球。画面里有闪着粼粼波光的池水、红白相间的泳道线、踩得人脚底发烫的泳池边、深蓝色泳衣，以及戴泳帽的津田……"

或许我们最后仍然留在脑海中的关于他人的回忆，就是某个平凡无奇的场景，说得更精确一点，就是一个瞬间的动作或随口说的一句话。

"津田那时候有什么不对劲的地方吗？"

"没有。"

她不假思索地回答。此时，松冈吞吞吐吐地说："任何小事都可以吗？"

秋花

"对，任何小事都行。"

"那么，那个……"她朝一旁戴眼镜的新会长使个眼色，"你忘啦，在那家上野屋……"

"哦，那个。说怪的确有点怪，不过应该不相干吧。"

听到她们这样说，不想追问的人才奇怪吧。

"你们说的上野屋，是靠近铁路道口的那一家？"

那家店专卖衣料。

参与过学生会工作的人，自然对提供活动用品的店家很清楚。需要零食时，可以到国道对面的批发店购买，如果去的是 Ito Yokado 超市，钱包肯定要大出血。此外，捞金鱼的用品、咖啡店的装饰品、纸杯纸碟等，每样东西该去哪里买，我们一清二楚。而这家上野屋的布料很便宜。

"呃，这种小事当然跟意外没什么关系，只是说起来还挺古怪的。"

松冈说到这里，会长接话："——是外褂。"

7

"外褂？"

跨度之大，就像是把南极和向日葵这两个词联系到了一起。会长说："对啊，离意外发生正好一个星

140

期。我们需要黑幕遮光，但加上借来的布好像也还不够用，所以小松，也就是松冈，以防万一还是跑了趟上野屋。她想先确认一下双幅的黑布大概需要多少钱。"

说到这里，涉及到家政学知识。计算布宽时，双幅就是一百四十厘米，单幅是七十厘米（本人已有一段时间没碰过针线，所以还是补上一句"我记得应该是"吧。印象中，码(34)也是一种计量单位）。

"那时津田也在店里？"

"对，她跟和泉学姐一起去买布。"

"是文化祭要用的吧？"

"可是，她们之前说'今天有事要先走'，比我们早一步离开，没想到居然跑来上野屋。她们买的是水蓝色的布，不仅是双幅而且长度也很长，我很纳闷买那么多布干吗，所以就问：'咦，学姐要用它做什么？'于是，津田学姐面有难色地偷偷告诉我：'我要做五件大外褂。文化祭之前替我保密哦！'"

这不足为奇。在文化祭的班级摊位或运动会上，全班经常会制作统一的外褂。我们班也为高三的运动会制作了橘色外褂，大家一起穿。做法很简单，五六个小时就能做出来，有时候还会顺便缝制搭配的头巾。

---

(34) 1码为91.44厘米。

141

大概是看出我的想法，松冈说："当时我想'原来如此'，我以为是三年级要穿的，所以就忘了这件事。直到意外发生的几天后，我们聊起津田学姐时，我才蓦地想起那些外褂的事情。我跑去问学姐，可是没有人知道。当然，外褂也不是大家分工制作的，只有她们俩在做。如果是津田学姐与和泉学姐自己要穿，那么还有三件到底是替谁做的呢？"

忽然出现了三个未知的人物。

"……如果不是学生会要用，也许是班上同学要穿吧？"

这时，结城摇摇头。

"不是。津田班上的人也不知情。她们班的摊位负责卖咖啡，其他同学表示并没有穿日式外褂的计划，服装好像是由班长决定的，我想她们俩应该不至于自作主张。"

"这么说，那就是学生会和班级以外的五个人。"

"可以这么说。"

"会不会是打算在自由参加的项目中表演合唱？"

"五人"的数量，又结合"文化祭"的背景，我试着提出这种可能。但是，结城再次摇摇头，推翻了我的假设。

"这么想的确有道理，可是学姐你也知道，表演的团体必须事先申请才能得到批准。津田她们没有申请，节目表上也没有临时插入的素人歌唱比赛。况且，和泉并不擅长唱歌，我想她应该不会一起做这种事。"

那我就不明白了，还有什么事情是需要五个人一起做的呢？

"——总之，像是想成立某种团体。"

"我也这么觉得，只是也太不可思议了，我实在想不出另外三人是谁。"

理查德·施特劳斯(35)歌剧中的莎乐美，一边跳舞一边脱下七层薄纱，最后她开口讨赏，得到了约翰的脑袋，可五个高中女生穿上外褂，究竟想做什么呢？

8

操场上，垒球队已经展开练习。投手每投出一球，守备位置上的球员便会高声呐喊。虽然学生时代已司空见惯，但我始终听不懂大家在喊什么，现在也一样，听起来很像在喊"haikyu——haikyu——（高球）"，但应该是喊"fight"吧。

午后的阳光把教学楼侧面的琉璃砖照得熠熠生辉。

---

(35) 理查德·施特劳斯（Richard Georg Strauss, 1864—1949），德国浪漫派晚期作曲家、指挥家。他的音乐是二十世纪现代音乐的重要组成部分。

　　　　　　　　　　　　　　　　秋花

我推着自行车，正想朝校门走去，一个小跑而来的学生映入眼帘。起先我不在意，但对方边跑边朝我微微点头，我觉得奇怪。她是刚才在学生会办公室的那个一年级学生，几乎没开口的岛村。我离开办公室以后，她大概是从楼梯口跑出来的吧。

"你怎么跑来了？"

我握着龙头打招呼。岛村在我面前停下，她耸着肩膀，喘了半晌，一头短发，略微打薄的刘海随风飘动。

"那个……有件事我还没讲。"

"什么事？"

大概是难以启齿的事，所以之前她才保持沉默。岛村再次调整呼吸，用圆溜溜的眼睛盯着我说："意外发生后的第二天，我看到和泉学姐……把铁管扔掉。"

我不禁挑起了眉毛，过了一会儿才努力保持镇定地回答"是吗"，然后又把自行车推回了原位。

"怎么回事？"

"学姐可以跟我来一下吗？"

岛村在前头带路，慢吞吞地边走边说。

"最早有几个学姐被警方询问，之后我们也被警察盘问了半天。问完后，老师作出指示，叫我们暂停剩下的工作先回家。我因为同时还参加烹饪社，所以把东西收拾好以后就去了家政教室。"

烹饪社是女子高中才有的社团。社员在文化祭上贩卖自制点心，没想到颇受好评，连附近居民也等着购买。我每次参加文化祭也会买一些回家。当然，为了保证销量，社员必须提前准备。保存期较长的糖果和奶糖需要从暑假开始制作，饼干则是从文化祭的两周前开始赶工，所以那个星期天正是分秒必争的时刻，社员们当然都在。

"我正在那边帮忙，到了中午，社团指导老师开完教职工会议回来，宣布'文化祭取消'，大家当场傻眼。可是，生鲜食品总不能放着不管，所以我们决定把能烤的食材尽量烤完再回家，加上还得收拾，统统弄完时已经到下午四点多了。音乐社、话剧社、舞蹈社、花艺设计社，还有各班的摊位……筹备文化祭的大批人马当时都走光了，整个学校就像个泄了气的气球。"

岛村说着，走向连接两栋教学楼的走廊，这里穿过去就是津田坠落的中庭。我猛然意识到她该不会是想带我去"那个地点"，不禁毛骨悚然。

换作是侦探办案，肯定首先会去事发地点的顶楼天台和坠落地点，拿出放大镜趴在地上仔细检查吧。我是做不到的，甚至也不打算去那个地方。

所幸，岛村虽然走进中庭，却连瞧也没瞧那个出事地点一眼。我们沿着米白、粉红、橘红的各色波斯菊恣意绽放的花坛缓步前行，这些纤细花茎上的亮丽花朵，在微风中左右摇晃。

"我本来打算回去了，又折回来拿课本，因为我还有一堂课需要预习。我从窗边的寄存柜取出课本，不经意地往外看……发现有人从楼下经过。"

一年级的教室在四楼，俯瞰楼下的感觉就像在看箱子中的迷你庭院吧。

"一想到天都黑了还有人留在学校，我就觉得有点诡异。而且，那个人不是要离开，因为不是朝大门的方向走去的，而是颓然垂下双手，朝反方向走。仔细一看，那发箍和圆润的脖颈，这个人无疑是和泉学姐。"

我们穿越校区北侧的走道，再走一小段路，就要经过教学楼之间了。在那个转角附近，岛村驻足了。

"就在这里。她就在这一带恍神地走着。"

9

"她的双手下垂是因为手里拿着类似棍棒的东西。和泉学姐在这里拐弯，然后朝焚化炉走去。我们的教室在大楼边角处，所以我连那边的情形都能看得一清二楚。"

岛村迈步前行，并催促我跟上。前面有游泳池和网球场，路上会经过墙边的焚化炉。

"文化祭取消了，我想，她大概是把用不到的道具扔掉吧。可是，仔细想想，天都黑了，一个人做这种事也未免太奇怪了，更何况昨天还出了那样的意外，所以我忍不住一直看到最后。"

走了一会儿，我看到一面灰墙，焚化炉就在旁边，高耸的烟囱直指秋日天空，炉口紧闭。前方的地面上有一根长条状的铁制拨火棍。它原本是笔直的，大概历经了多年的碰撞，现已微微扭曲，就像一条伸直了身体的蛇在地上沉睡。

在焚化炉旁，有一处以砖块围成"匚"字形的不可燃危险物废弃处，搭盖着铁皮波浪板，有三个切开的大汽油桶并排放在一起，桶身分别用白漆写着"玻璃""空瓶""空罐"。其中，"空罐"桶被塞得最满，冒出头的一升装果汁罐口上爬满了蚂蚁，仿佛受到了温暖火光的引诱，损坏的铁椅和报废的机器则被乱七八糟地堆在一旁。

岛村指着那把椅子说："和泉学姐把两根铁管扔在这附近，就转身迅速离开了，好像在逃命。可是，她的脚步忽然放慢，又停下来思考，然后又突然转身回到原地，捡起那两根铁管放进垃圾堆后方。虽然只是远眺，但学姐的动作我看得很清楚，她犹豫了好几次，几乎快走回教学楼时，她又再次停下脚步，然后走回去望着她扔东西的地方。天色越来越暗了，学姐那小指尖般的身影也几乎融入夜色中。"

147

岛村仿佛想起当时渐渐变暗的夜色，甩甩头又继续说："我像从梦里醒来一样，想到自己再看下去不是办法，得赶紧回家了。到了下周一，全校开早会，又有班会，一阵兵荒马乱后，我就把前一天发生的事忘了，直到放学后我开始打扫卫生，拿起垃圾桶时才想起来。于是，我没去垃圾场，而是直接把垃圾拿去焚化炉，顺便偷看和泉学姐前一天扔铁管的地方。我的确找到了……那两根铁管。"

岛村说着，拨开损坏的椅子和寄存柜往里面走去，神色紧张地指出那个地点。

第六章

1

江美说："春天我们去赏过樱花了吧！"小正接话："那秋天就该赏菊喽。"于是决定来一趟"《野菊之墓》[36]之旅"，感觉好像有道理又有点莫名其妙。

根据小正的说法，小说中提到搭船过河的地方，应该是矢切渡口。她提议去故事的发生地——市川的矢切一带逛逛再搭船。千叶县与东京仅有一河之隔，距离应该不远，来趟半日散步之旅再适合不过了。

我们从上周的后半周就开始计划的徒步，经过在文学院中庭的一番亡羊补牢的紧急讨论，总算才有了雏形。我们决定在下个星期天出发，集合地点是国府台车站。

说到《野菊之墓》，我没看过的名著有很多，它

---

[36] 伊藤左千夫于1906年发表的小说，描写十五岁的少年政夫与年长两岁的表姐民子的青涩恋情。

也是其中之一。我洗耳恭听小正的高见——"结局令人非常不愉快，这本小说太自我了"，并点头附和。

之前看伊藤整[37]的《鸣海仙吉》，在形式上与《福楼拜的鹦鹉》颇有相通之处，各种角度都很有趣。其中有一段描述几个教英国文学的老师讨论莎士比亚，从《科利奥兰纳斯》开始，但仙吉没看过这部作品，心想"哪怕译本翻得不好，我也应该全部读过一遍"（看到这里很想插嘴，连我都读过这本呢，虽然这种想法还挺让人讨厌的），不过，他还是加入了唇枪舌剑的论战，内容惊险刺激又可怕。

"——事情就是这样。"

小正对《野菊之墓》的怒火发泄完毕。我点点头："嗯嗯。"

江美嫣然一笑。

"如果民子是野菊，那小正是什么？"

"应该是'毒溜草'[38]吧。"

"喂！"

我转得很生硬："我是说，'毒溜草'很漂亮，就像小正一样楚楚动人。"

"而且还可以当药，它不是还有个别名叫十药

---

(37) 伊藤整（1905—1969），小说家、评论家。
(38) 学名*Houttuynia cordata Thunb*，即鱼腥草，在日本又被称为"毒溜め""毒矯め"等。——编者注

吗？我奶奶常喝。"江美对小正循循善诱，"真的，那不是毒药。"

"真是难得的'夸奖'啊！"

"这就跟毒扫丸不是毒药一样，它可以'制服'毒素。"

这话是我说的。

"你说的'制服'是什么意思？"

"就是对毒素大骂'不可以'！"

"无聊。"

小正哭笑不得。事后查资料，原来"毒溜草"又称"毒矫草"，是"矫正毒性"的意思。

"不过，如果是《毒溜草之墓》，就不像书名了吧？"

江美歪着脑袋说道。小正一边点头一边细数："《野菊之墓》《萤火虫之墓》(39)……"

"……《伊万之傻瓜》(40)。"我补上，随即被小正追打。

---

(39) 野坂昭如的名作，于1967年10月发表，并荣获日本文坛著名奖项"直木奖"，这是一部半自传体短篇小说。

(40) 日语的傻瓜与墓谐音，此处指俄国文豪列夫·托尔斯泰的名作《傻瓜伊万》。

秋花

2

从国府台车站步行，先到真间地区的手儿奈[41]祠堂。这位充满魅力的葛饰姑娘手儿奈不知为何竟然投海自尽，换言之，说明这一带以前离海很近，虽然如今已化为陆地，但这种变化在无垠的时间之中，也不过是短暂的一瞬吧。诗歌是这样描述她的——"滔滔白浪喧，河流入海寒，长眠彼姝子，于此河之干。"[42]

这阵子天气一直很好，走起路来也很舒适。

小正用皮带扎紧白长裤，身上是白底深蓝色横纹T恤配藏青色连帽外套。江美穿牛仔裤，配宽松的翠竹色长袖T恤。至于我，则是印花T恤配卡其色裤裙，外搭背心。

我们沿路走上高地，经过一所幼儿园，来到大学附近。走在墙与墙之间，有点像在走迷宫。再往前走，有一座看似被废弃的网球场，铁丝网内长满杂草，锈迹斑斑的长椅隐没其间，这光景真是不可思议。高耸的是高大一枝黄花，还有丛生的艾草、摇晃着银色穗须的芒草。视线往下移，长鬃蓼装点着熟悉而沉稳的桃红色。

穿过铁丝网，走到马路上的这段路长着看似大型

---

(41) 古时葛饰郡传说中的美女，因受到太多男人追求，不堪其扰投海身亡。

(42) 引自人民文学出版社2022年出版的《万叶集精选》中译本卷九《咏胜鹿真间娘子歌》，译者钱稻孙。——编者注

逗猫棒的狗尾草。我原本想拔一根，没想到需要很大的力气。我正在使劲，小正说："你打算用它来挠痒痒吧？"

被她看穿了。我不置可否地继续拔，她们凑过来，先用指甲掐下了狗尾草，然后用它从两侧进攻我的脖子，我拔腿就逃，这才发现原以为是死胡同的小径其实有通路。

"拐个弯就到马路上了。"

我招手催促她们快点过来，便往下坡走去。来到车水马龙的大路上，我们沿着人行道走，途经高中、大学，这里的学校可真多。

我借用江美的手帕，和小正打打闹闹走进里见公园，这里与《南总里见八犬传》[43]的背景密切相关。顺便一提，高田卫[44]的《八犬传的世界》破解谜题真是犀利啊，想到这里，我蓦地想起圆紫大师。传说中里见氏的鸿台城遗迹如今已成了高地，从树林间眺望，景观极佳。不过，举目所见的不是大自然，而是河川对岸人口多达千万、高楼林立的大都市。民子如果看到了，肯定会大吃一惊。

十月进入尾声后，秋天也将落幕。记录鲜花盛开

---

(43) 江户时代的文豪曲亭马琴历时二十八年写成的长篇小说，以战国时代活跃于安房地区的房总里见氏为题材。

(44) 高田卫（1930—2023），文学研究者，专攻日本近世文学。1980年出版的《八犬传的世界》，以道教观点分析《南总里见八犬传》名噪一时。

秋花

时间的日历，过了十月中旬就像激流一落千丈，开花的种类顿时大减。不过，由于生活中常见的树木多半是常绿树，人们不太容易感受到季节更迭。

"哎呀呀，上面写着'有民宅，请勿丢石头'。"

看着竖立的告示牌，我不禁诧异扬声。江美任由长发随风翻飞。

"真的——"

"当下面有条河，又能清楚看到对岸的时候，肯定有人想扔石头，否则，就不会有人竖这样的告示牌了。"

"想想就倒霉，如果你正在院子里晾衣服，头顶上忽然飞来落石。"

"又不能因为这样马上搬家。"

如果碰上这种不幸的巧合，不是一句倒霉就能解决的。光是想象从天而降的石头就让我不寒而栗了。

我们在前方不远处靠近出口的茶店休息，顺便研究地图。正好店里有一群男性顾客准备离开，只剩下我们。老板娘主动问："要去渡口吗？"

"对啊。参观完'野菊之墓文学碑'就去那边。"

"是吗？现在正好是菊花盛开的季节呢！"

她让我不由得想起了我的母亲，因为年纪相仿。

"——这时候的柿子怎么样？"

纯粹只是因为母亲爱吃，我才脱口而出。老板娘对于话题急转显得不慌不忙。

"这个嘛，只剩下守木果⁽⁴⁵⁾，其他都采收完毕了。"

"守木果"也是一个颇有季节风情的名词。

"都没啦？"

"太快了吗？"

"不会。"秋天，我会去镇上的朋友家领柿子。听她这么一说，才想起我家的秋季盛事也在不久前做过了。"因为今年的秋叶好像红得比较晚。"

老板娘笑着说："今年的柿叶大多掉光了，虽然也有红叶，但数量不多，所以不怎么显眼。"

"啊，这样吗？"

"我家院子里就有柿树，所以我很清楚。"她见我东张西望，"我家在底下。"原来她要在家与茶店间往返。

"结了很多果实吗？"

"借您吉言，结了很多。"

"采收一定很辛苦吧？"

老板娘点点头。

"因为柿树很容易折断。"

"……只有守木果会一直留在树上吗？"

老板娘听了，像要审视空中的朱红色果实般抬起了头。

"最近，白头翁数量变多了，果子一下就被啄掉，

---

(45) 刻意留在树上以求来年丰收的果实。

155

秋花

留到冬天的越来越少了。"

3

　　我把拉环扔进喝完的饮料罐中，喀啦喀啦地摇了两下才放下。店内的木制长椅和长桌涂成了天蓝色，二者看起来都不怎么结实，墙上贴着写有商品及价目的字条，还挂着三名职业棒球选手并立微笑的月历。

　　"书中的民子大概有几岁？"

　　小正蹙眉："不太记得了，应该是高中生的年纪吧，比'那个东西'大。"

　　"'那个东西'是什么？"

　　江美哧哧地笑了，说："是政夫吧。"

　　"对对对。"

　　"什么呀，难道这个人连人称代词也不配用吗？"

　　"对呀，你不觉得这家伙很讨厌吗？"

　　这时，江美说："我昨天又把结尾重读了一遍，就是'民子无奈地结婚终而去世，我无奈地结婚活至今日'那一段。"

　　"对呀，尤其是后面那句，岂不是等于'杀了一个人，还不知悔改，现在又继续杀另一个人'。不懂他怎么写得出这么无耻的文字，脸皮再厚也该有个分寸吧，什么叫'无奈地结婚'啊？也太对不起他老婆了！"

小正激动地敲桌，而坐在对面的江美露出了像公主一样的微笑。

"毕竟大家不可能都像我一样。"

小正再次敲桌。

"你真是够了，肉麻兮兮的！连这种不相关的话题都可以自我陶醉，真是受不了。"

江美置之不理，继续说："可是，你不生民子的气吗？她也是迫于无奈才勉强结婚的。"

小正露出本以为对方会从上方出招，却没想到下方突然遭到攻击的表情。

"当然会气，觉得她这样很对不起丈夫。不过，'无奈'也有程度之分……况且民子已经死了，人家可没写出这种文字。这是两人的不同点。"

"政夫却苟活下来了，所以他很厚脸皮？"

"对对对，还厚着脸皮结婚了，不是吗？假设你是他老婆，你看看刚才这一段，谁受得了啊？简直罪大恶极。如果是我，绝对不会原谅他。"

"即使他给你十亿元赡养费？"

"十亿吗……十亿真不错！"

这里是公园的后方，所以没什么景观可欣赏，四周是一片平地。不过如果向外看，在屋檐和附近的树林之间，能看到秋日澄澈的天空和绒毛般的浮云。我手撑着长椅，悠哉地仰望晴空，聆听着好友们的这番对话，真是悠然自得。菊池宽[46]曾说治疗精神打击最有效的良药就是拿到一笔巨款，然后连日挥霍。确实言之有理。

她们还在继续那个话题。

"那是古时候嘛，就连男人也很难自由地结婚。"

"你干吗老替男人说好话？"

"那倒不是。说真的，我考虑的其实不是结婚，而是别的事情。"

"你的意思是……？"

"你想想看，就算如愿和意中人结婚，只要不像民子那样早夭，随着年纪的增长，在其他层面上也会出现许多无奈的事，而政夫也终将'无奈地活下去'。所以，看完后会赞美这本小说的读者，不分男女，肯定都是苟活型的，他们心里多少都有一点'遗憾'吧，所以不管怎样都会忍不住站到政夫那边去的。"

4

听到江美的这番话，我仿佛接获了指令，立刻挺

直腰杆。我想起了津田学妹。

我试着问："夭折也是一种遗憾吧？"

"当然。不停地被倒进意想不到的东西的杯子，和来不及倒东西就破掉的杯子，都是遗憾。只不过……"

"只不过什么？"

"如果杯子是自己打破的，那就是另一回事了。"

我垂眼想了一下，然后说："听我说件事好吗？"

然后，我把那个意外及经过说了出来。恰好小正也是第一个从我家信箱里发现那张复印纸的人。她们俩不时插嘴提问，听得非常起劲。

"现在就像雾里看花，一片模糊，我就连该拿和泉学妹怎么办，该怎么跟她相处都毫无头绪。"

"不管怎样，照你所说，那个姓和泉的女孩肯定和这场意外有某种关联。"

听小正这么说，江美也点点头表示："我还是觉得穿外褂的五人团体像是要在文化祭当天表演节目，她们会不会当时正在天台排练？"

"不可能。津田学妹在坠楼那一瞬间后……"

"啊，对了，天台的门在打开前一直有人守着。"

我们从茶店的长椅起身，之后小正和江美都闷不吭声，大概在想着津田学妹的意外吧。早知道就不讲了，我不禁有点后悔。

从公园往下走是一片农田，里面多半是种葱的菜

秋花

园，也许葱是当地特产吧。稻田里割稻的痕迹延伸至远方。

一片野生花草中，高大一枝黄花宛如风景画里四处点缀的黄色颜料，特别显眼。相形之下，白色和紫色的菊科植物低调多了。

我正说着"走这边没错吧"，就发现一户人家姓"菊地"，这是探寻《野菊之墓》遇到的再适合不过的姓氏了。前面提过的作家菊池宽，由于态度冷漠曾被人批评"他的姓名不该念Kikuchi Kan，应该叫作Kuchi Kikan(47)"。他姓菊池，而这家姓菊地。我看着门牌，正考虑要不要说出这个巧合，结果玄关门一开，走出一个正要外出的高雅女士。我们幸运地向她问到了路，照着她说的方向上坡，由于有大字标示，很快就找到了。

一座雄踞高地的巨型纪念碑前聚集了四五个阿姨。她们正在拍照留念，而我们恰好出现，于是，她们让我们帮忙拍照留影。阿姨们脚下的草地已布满枯叶，矢切的秋景就这么咔嚓一声被摄入镜头。

纪念碑上以正楷字体刻着《野菊之墓》中的一小节文字。几位阿姨坐在长椅上，翻开书开始聊天，一边休息一边讨论。我们没坐下来休息（这可不是炫耀年轻），就这么走过天桥，朝着鸟瞰全景的邻近高

---

(47) 沉默寡言之意。

田S

地前进。角落里，耸立的防火瞭望台藏身在栲树的绿叶中。

我们三人之中有人只要碰上瞭望台就想往上爬，各位猜是谁？或许大家会以为是小正吧，实不相瞒——正是在下我。"傻瓜和烟总是想往高处爬"这句俗谚说不定是真理。明知道不可以，我还是抗拒不了诱惑，忍不住紧握头顶的铁栏杆，球鞋踩上垃圾桶，一溜烟爬了上去。我不禁想起幼儿园和小学时玩的攀爬架。

或许因为瞭望台顶越过了树梢，风如波浪般轻抚着我的脸颊。俯瞰下方，农田绵延至河堤，支撑电线的铁塔如巨人般耸立，远处的塑料大棚一带不知道在焚烧什么，只见白烟宛如慢动作电影由左至右缓缓飘过。

比起窸窣晃动的常绿树丛，从枯草色的野地似乎更能窥见季节的变换。

5

我们从高地往河边走去。

路边有无患子。我们一边说着"果实上附有薄膜的黑色部位可以食用"，一边往前走。尽管还认得出无患子，然而草木的种类太多，名称和实物几乎对不

秋花

上。有一种草有抢眼的红色茎干，我说："不知道那是什么？"江美若无其事地回答："垂序商陆。"简直像变魔术。路过之后，我蓦然想到那纤细的草茎很像津田家树篱下的秋海棠。

我们走出农田，只见一家大小正在田里忙碌。田地被划分成无数块，四处竖立着"某农场"的牌子，像是提供给都市人的出租农场。大概是秋收后要播种新作物，做父亲的汗流浃背地挥舞着锄头，看似小学低年级的小男生，穿着和父亲一样的黑色橡胶靴，在对面拿着铲子翻土。

"你知道吗？关于刚才的话题……"

走到靠近河堤之处，一路陷入沉思的小正，豁出去似的开口道。

"嗯！"

"目前看来，不是意外就是自杀。"

"是啊！"

"可是，考虑到任何情况都有可能发生，那么就不能排除是有人把她推下去的。因为当时判断她坠落的不就是'声音'吗？"

我不解。

"什么意思？"

小正不耐烦地说："我是说，就算天台有那个女孩的东西，她也不见得是在发出声响的那一刻坠楼的。假设某人先把她推下去，然后自己刻意出现在天

162

台，好让老师远远地发现。由于老师只看得到运动服，应该认不出来是谁，这个人心想'老师应该注意到了'，便离开天台并锁门。如果是有计划的预谋，还可以事先复制钥匙。哪怕没有复制，这个人从玄关利用远处的楼梯，说不定还有时间把钥匙放进坠楼女生的口袋里。布置好之后，只要让'声音'坠落不就行了吗？"

"声音？"

"对呀，很简单，只要有录音机就能办到。只要提前把录下尖叫声的录音机放在天台栏杆外侧，用绳子绑紧，躲在三楼走廊的阴暗处等待机会就可以。这个人大概知道老师会走楼梯上去吧，于是等了一会儿，启动录音机再拉绳子，'声音'不就掉下去了吗？就算录音机撞到墙壁、发出声响也不会有人起疑。之后，只要把吊在半空中的录音机拉上来再离开现场就好了，被害人早就躺在楼下了……就这样。"

"可是，天台的录音机怎么开？用遥控器吗？"

"也不用那么麻烦。学校不是到处都有插座吗？只要事先从附近的插座拉一条延长线，录音机本身也接上延长线，再把机器设定在播放状态就行了。到时候只要接上两条线不就OK了。"

原来如此。然而，小正愤怒地继续说："不过……我不相信真的会发生那样的事。只是我一推理，这个想象就会浮现出来，所以我很气自己。"

这结论也跳得太快了。

"为什么？"

"因为这样的推理，你不觉得很不正经吗？好像是一个玩笑，像在葬礼上跳中元节的民俗舞。"

"才不会！"江美说，"就像小正一开始说的'任何情况都有可能发生'，本来就存在各种可能性。这应该是我们思考的出发点。"

"嗯。"

"如果真的发生了你推理的那种情况，那又是怎么跟和泉扯上关系的？"

"她当然不符合'凶手'的形象。她太软弱了，做不出那样的犯罪行为。不过，如果她是'目击者'，事后的反应倒是很吻合。假设她是因为明白事态的恐怖及严重性而崩溃，那就可以理解了。"

江美点点头。

"这样就解释得通了。不过，如果真是如此，这次不就轮到和泉有危险了？"

"你是说杀人灭口？"

"对啊，凶手这么大费周章，就是想把谋杀伪装成天台没有其他人的自杀事件。一旦被目击了，就失去意义了。"

"反过来说，若真是这样，凶手应该已经采取行动了吧？和泉既然平安无事，也就表示一开始什么事也没发生。"

我插嘴道。

"也有可能是凶手没发觉呀，如果和泉是从远处看到的话……"

"啊，也对。"

我们左转，走进上河堤的路。嫩草萌芽时，这一带就成了一整片毛茸茸的绿毯，如今草丛长得不高，有一半已经枯萎，呈焦糖色及金黄色。

"如果和泉是知情不报，那恐怕不只是出于害怕吧。凶手的身份可以缩小范围。"

江美缓缓说道。那也正是我想的，这表示凶手不是同学就是老师。

"不过，我的假设听起来就很荒谬。"小正耸耸肩，"准备工作很麻烦，录音机的音量也不可能那么大……想想还是太荒谬啦。"

我们走上河堤，意外发现河堤下有几个人影。

"原来是高尔夫球场啊。"

河的两岸都有占地不小的高尔夫球场。听到我失望的语气，江美莞尔一笑。

"难不成，你以为是民子在那里挥手吗？"

秋花

6

惊奇的事一桩接着一桩。

"哎呀——"

我在草丛中发现了眼熟的黄色，不禁惊叫，走近一看，发现它虽然长得低矮，但确实是蒲公英。

"你们看，明明都秋天了。"

这么看来，蒲公英在春天开花的说法或许只是迷信。果然，"任何情况都有可能发生"。没什么不可思议的，这就是确凿的事实。我们会觉得某些事不可思议，大概是因为自己没有用心观察吧。

说到花，在高中时期，朋友曾告诉我波斯菊的花语是"少女的真心"（不知道是真是假。这位朋友是现在少见的那种多愁善感的人，还把樱草的花语告诉了我，说是"青涩的爱与哀伤"）。原来如此啊，我感叹道，于是有个时期变得特别注意波斯菊。我发现，波斯菊其实在寒冬一月也照常开花，早一点的从七月就开花了。

"真的！"

小正她们也凑了过来。我们站了一会儿，眺望远处辽阔的风景。河川的上、下游都有桥，不过两者距离很远，渡船正要启航，我们现在就算跑过去也赶不上了。反正也不赶时间，我们干脆慢悠悠地闲晃。快下午一点了，对岸的柴又老街有很多商店，应该不至于让我们饿得昏倒，被本地人搭救吧。

"啊，你们看，那边有人在拍电视剧！"

对面的渡船口，一群人拿着反光板和摄影机之类的器材准备离开，每个人看起来都只有指尖大。

"哇，走在前头的是女主角，跟在后面的助理还替她撑伞。"

一名女性正躲着太阳往前走。或许是为了避免掉妆，也有可能是怕流汗。那女人对撑伞的人视若无睹，沿着河川地的道路大步走去，频频与身旁的男子交谈。

"如果早点来，搞不好还可以看到他们拍戏。"

"如果早点来，人家就会叫我们走开，嫌我们碍事。"

也许吧。这令我再度意识到这里是拍戏的热门景点。之前在矢切，我们只不过零星与几群人擦身而过，这艘渡船却搭载了不少人，像是葛饰北斋[48]描绘的富岳三十六景"由御厩川看两国桥夕阳"中的小舟。说不定，也有人只是想亲身"体验一下"，所以从柴又往返。小舟已驶到闪着粼粼波光的河心。遗憾的是，这艘船由引擎发动，或许渴望看到船夫操桨是人之常情吧。

我们走下坡，边走边被"当心飞球"的警告牌吓得提心吊胆，沿着高尔夫球场之间的小径朝码头走

---

(48) 葛饰北斋（1760—1849），江户中期至后期的浮世绘画师。

秋花

去，距离近得可以听见打球者的说话声。

走到河水近在眼前的地方，我们发现一张长椅，决定坐下来休息。附近还有卖纪念品的小店。小船刚离开，还有几个人留在原地，或许正在享受这样的风貌吧。一对情侣坐在树荫下的长椅上，互搂着腰相视而笑，我看他们也犯不着特地出门，在家里打情骂俏不就得了。

我们不打算排队，只是漫步走向码头，三人并肩坐在横卧的木头上。

望着随风摇曳的芦苇，江美眨着眼看着我。

"人类的听力可以辨认出声音从哪个方向传来吗？"

我知道她在说津田学妹的事，所以很紧张。

"大概都判断得出来吧？不过，我的房间不是在二楼吗？晚上有时候听到隔壁邻居的电话响起，我还会怀疑是不是我家的电话。如果走到楼梯那边仔细听就能确认了。"

江美想了一下，才说："这种怀疑，在等电话的时候特别强烈吧？"

"那当然。"

碰上小正打电话来的日子，我老是觉得楼下的电话在响。

"就像观众觉得表演腹语的人偶看起来在说话，大概是受到它在动的嘴巴的影响。所以，如果站在天台的门口全神贯注聆听，举例来说，即使从三楼坠落，搞不好也会以为是从顶楼坠落的吧。"

我不知如何反驳，只能不置可否地沉吟。小正说："这个假设更简单，也更有现实性，所以更可怕。"

"是啊，如果真是这样，就不算意外了。"

我也点头表示同意。

"是因为天台的状况吧？"

"对呀，现场遗留了津田当天刚买的小玩偶和一只鞋，再加上门是上锁的。可是，如果真是从三楼坠落的，那表明凶手刻意把他杀伪装成自杀，她并不是失足坠楼，而是被推下去的。"

原本绝不可能是他杀的"意外"，现在却在他杀方面出现了两种解释。

7

"还有，"江美还没说完，"那本教科书的复印本。"

"嗯。"

"除了和泉没有其他的可能人选吗？"

"对呀，但如果是我家附近跟这起意外有关的人，也只有她。"

秋花

"若说跟这起意外有关的人，应该还有别人吧。"

"别人？"

江美毫不迟疑地说："津田的妈妈。"

我大吃一惊。

"可是她干吗要那么做？"

"她在呐喊'我的女儿是被一只看不见的手带走了'。——会不会是这样？"

"为什么要对我呐喊？"

"也许是想到你跟和泉的关系吧。从小学到高中，你一直是她们俩的学姐吧。开学时她们还一起去跟你打过招呼。"

"所以，你是说津田她妈妈可能在怀疑和泉学妹？"

"可以这么说。"

"可是，如果真是这样，她的做法也未免太不按常理出牌了吧。和泉的确不对劲，或许她觉得和泉'隐瞒了什么'，那她应该直接把复印本放进和泉家的信箱呀，这样就可以根据和泉的反应逼她说出真相。可是，送来我家情况只会变成现在这样，令我一头雾水。"

况且（这件事只有我知道），我在台风的前一天遇到津田妈妈，她那种沉稳的态度又该怎么解释？根据她的表现，我实在无法想象她会做出我们现在假设的行为。

江美意外地妥协了。

"说的也是。"

"你怎会有那种想法？"

"因为我认为津田发生不幸的这件事，最放不下的应该是她母亲。而且，不是说那课本早就被烧掉了吗？所以……"

"有什么不对劲？"

"最后把书放进棺材中的人是她母亲吧。当然，她也可以事先藏起来。"

我一惊，越听越糊涂了。我像身陷泥沼深处般求助："那么，拿铁管决斗的事呢？那又怎么解释？"

两人面面相觑，一起摇头。

船夫顾虑到水势，画出大弧从上游驶来，将船头猛地停靠在码头。

8

我霸占船边右侧的位子。木头被太阳晒得暖洋洋的。也许是坐下来视点变低了，感觉河面好像变宽了，不知道是因为光线的明暗还是河底的深浅，水流不时变色，宛如条条丝带。从上方远观河景固然很美，但近看实在算不上清流。不管怎样，任由吹抚河面的清风戏弄发丝，还是让人心情舒畅。

171

"那么多泡泡……"

小正她们在我的催促下也瞪着河面说"真的欸"。也许是水势激起了水花，只见河面上处处冒出小水泡，旋即随波消失。

那对打情骂俏的情侣也上了船，叔叔阿姨及其他乘客纷纷坐下。

一只红蜻蜓翩然飞来，仿佛晃动空气般振翅，在河面上二十厘米处对着我。

"午安！"

我一出声，蜻蜓好像心愿已了，立即乘风飞去。此时，引擎声提高，小船启航了。

我忽然问道："这是什么河来着？"

小正一副很受不了的表情，说："当然是江户川，你在说什么傻话啊！"

我顿时失声惊叫。在这之前我压根儿没想过，该说我粗心大意吗？这名字听起来像骗人的，却是真的。如果小正说得没错，那不就是从我家骑自行车也到得了的那条河吗？

"那岂不是只要沿着河堤一直走，就能走到我家附近了？"

"是吗？"

我抓着船舷，像点头娃娃般频频点头。

"欸，我家在哪一边？我家在哪一边？"

"这种问题不该问神奈川县的人吧？根据常识，

这条河经千叶县流入大海，所以你家应该在那一头吧。"

小正突然伸出裹着藏青色衣袖的手臂，指向河川上游。

第七章

1

我还是忍不住写信给圆紫大师。

不过，形式上是谢函。我先就季节变化寒暄一番，然后感谢他的赠票，最后再任性地添上一笔"有件事想跟您谈谈"。

几天后，我收到明信片，上面写着"一起吃午餐吧，期待与你见面"。

随着十一月份的来临，邻市的会馆开始举办各种表演活动。端呗的公演，适时搭配讲解，感觉就像国立剧场的歌舞伎教室，对外行人来说颇为有趣。

在圆紫大师表演落语的文化节当天，按说大概率是个晴朗的好天气。不料，今年一直维持晴天的秋日，偏偏从前一天开始时阴时雨，有些反常。我乘电车出门，再从车站走过去，天空一片阴霾。

总算赶在下雨前抵达，我松了一口气。我在会馆大厅找到一张黑椅坐下，面向大会场的入口。大厅的蔷薇色地毯前端如红舌般延伸。我觉得在太大的会场表演落语似乎并不合适，不过这可能是包含在整个系列内的活动吧，票价也很便宜，想必是希望县民踊跃参与。但愿没有小孩子跑来跑去大声吵闹，身为县民之一的我开始操心起这种鸡毛蒜皮的琐事。

　　主办单位在入口处设置了纯白色柜台，售卖现场票。后面的墙上贴有节目表，演出者有三人，各自表演他们的大作，圆紫大师排在第二，演出的段子是《御神酒德利》，压轴的是由协会会长表演的《寝床》(49)，大概是考虑到下午演出的义太夫吧。

　　我正出神，看到一个身穿灰蓝色高领毛衣和外套的男人若无其事地微笑着，朝我这边走来。他的面容比一般的男性更平静，略细的双眼目光柔和，那是我熟悉的面孔，不过别人好像没认出来。我起身行礼。

　　"好久不见！"

　　自夏天一别我们就没再见过面，现在都快入冬了。圆紫大师寒暄完毕，隔着直抵天花板的玻璃墙向外望，柔声说："真不巧。"

　　我转身一看，星星点点的水滴点缀着玻璃墙面，我们不约而同地迈步向前，好像来到水族馆一样，并肩凝望窗外。中庭另一端有一座同样用玻璃墙装饰的图书馆，那面墙没有耀眼的阳光，附近栽种的树木也

---

(49) 讲述了某房东热爱表演义太夫，可惜技巧拙劣却毫不自知，因此房客纷纷以托词走避不愿观赏的趣事。

秋花

落叶大半，灰色地板好像生病了，染上黑渍般的点点雨滴，景致似乎在悄然缩成一团。我打了个寒战，说："开始变冷了呢！"

话说出口后寒意更甚。我的白色长袖T恤外面罩了一件薰衣草色的开襟外套，现在却觉得多穿一件也不为过。

"冬天又来了。"

"是啊。"

"你明年就大四了吧？"

明年要更上一层楼了，正好我的生日在十二月底。

"真的呢，简直不敢相信。"

这是我的真实感受。我感觉自己仿佛不久前才刚入学，不禁暗忖这两年半的时间究竟做了些什么。

"毕业后有什么打算？"

"完全没有头绪，可能会找份工作吧！"

"我如果是大公司的董事长或总经理，还可以替你推荐一下。总不能让你来当我的徒弟吧！"

一想到自己上台表演落语的模样，我忍不住嘴角上扬。我一定会变成玷污大师名声的不肖弟子。

"不可能吧。您的好意我心领了，我只确定一点——明年这时候我正在拼死拼活地写毕业论文。"

"毕业论文要写什么题目？"

"芥川龙之介。"

圆紫大师万分感慨地聊起自己的"当年勇"。大厅的人渐渐变多了，开始出现进场人潮。

"表演结束后就在这里碰面吧。"

圆紫大师结束话题，微微行礼。

2

我进场时，前座⁽⁵⁰⁾正在表演助兴节目《道具屋》。很多观众不谙此道，或慌忙看时间，或翻阅节目表看那是谁的演出。

十点整铃声准时响起，我以为节目要开始了，结果是某位大人物上台致辞。那才真的像在听《寝床》的义太夫，不过这大概是政府主办文化活动的固定流程吧。我环视会场，一楼的座位大约坐了七成，这样正好。

三场演出打头阵的是《三轩长屋》，这是一场长达五十分钟的精彩表演。最后一场开始之前是中场休息时间，我不禁觉得圆紫大师排在第二场表演有点吃亏。果然，已经有人溜出去，也有小孩开始吃零食了，甚至还有幼童吵着要回家。

卷帘升起，出现了墨色鲜明的春樱亭圆紫五个大

---

(50) 正式演出前负责暖场的落语表演者。日本落语家的等级由高到低依次为"真打""二目""前座"。

字，坐垫翻面。《外记猿》的出场伴奏响起，圆紫大师登场了。

在掌声中就座，深深低头行礼的大师，一抬头忽然开始聊起小朋友。他以刚开始牙牙学语的童言童语为例，说明它有时候比落语更好笑，一连串令人忍俊不禁又天真无邪的例子顿时吸引了观众的注意。

这种开场方式像是在表演《返乡省亲》[51]，令我有点纳闷，不过，话题渐渐转向了时令季节，谈起了七五三[52]，聊到小朋友的和服有多贵，和服勒着肚子令小朋友苦不堪言之类的写实话题，以及形形色色的奇装异服，我微笑聆听，逐渐忘了原先的疑惑。

赫然回神，才发现话题从神社聊到神坛和神酒，不知不觉，已说到这年头罕见的御神酒德利——装满酒献给神明的一对小酒瓶。圆紫大师屈肘竖起双臂，在脸颊两侧打直，模仿它的形态。

故事描述了某家旅馆视为传家宝的御神酒德利不翼而飞，引起大乱。没想到，德利其实就晾在厨房里，掌柜看到了怕它被偷走，所以把它暂时浸入水缸，但才走几步路，就把这件事抛在脑后，主人问起时也顺口回答"不知道"，直到回家后才想起。这下

---

(51) 落语段子之一，讲述了溺爱宝贝儿子的阿熊得知儿子即将放年假返乡为之兴奋不已的故事。

(52) 男童在三岁及五岁，女童在三岁及七岁的十一月十五日，都会盛装打扮参拜神社，庆祝孩童顺利成长。

子可伤脑筋了。幸好他妻子急中生智，教他说"一生中有三次卜算的机会，什么都问得出来"。他妻子是算命先生的女儿，立刻对他展开"特训"，当场唬过众人——就是这个家喻户晓的段子。

掌柜一说到"三次"⁽⁵³⁾就差点被派去关西，幸好他巧妙地化解，既帮了别人，自己也得到了莫大奖赏，结局圆满收场，皆大欢喜。

节奏明快的落语令人时而提心吊胆，时而开怀大笑，不知不觉已接近尾声。我一点也不觉得漫长，直到看见中场休息二十分钟的告示亮起，低头看表，这才发现已经过了快一个小时了。

3

会长表演的《寝床》准时结束后，我跟着喧闹的退场人潮步出大厅，站在墙边。天空的阴霾依旧，令人联想到日暮黄昏，不过雨已经停了。

等了一会儿，圆紫大师以原先的打扮出现了。

"这里完完全全是你的地盘吧？那就麻烦你带路吧。"

虽然大师这么说，但我根本不知道要带他去哪

---

(53) 也指每月往返江户与关西之间三次的信差。

秋花

里。念女子高中时我常去的店铺只有校门前的面包店和不远处的拉面店，总不能请人家坐在店门前的长椅上吃菠萝包，然后传授那种"内行先吃馅"之类的秘诀吧。

困扰了半天，最后我把大师带去隔壁百货公司的美食街。真是没创意。

我们在一家日式料理店相对而坐，顿时有种船只入港的心情，大概是因为圆紫大师的温和性情令人安心吧。此外，我也笃定这个人能解答一个多月以来困扰我的难题。我终于走到了这一步，只是，要听这个答案，就像不得不打开一个未知的神秘箱，令人恐惧。

好一阵子，我就这么莫名地摩挲着红漆桌缘的斑驳地带。

前来点菜的店员说："可能要等一阵子，可以吗？"圆紫大师看看我，然后回答："没关系。"他的眼神似乎在说这样其实更好。

"说吧，什么事？"

等店员离开后，圆紫大师主动催问。我抬起脸。

"又是一桩令人一头雾水的怪事，希望您能像《御神酒德利》的掌柜那样，替我算算真相到底在哪里。"

圆紫大师好像女儿节已过却忘记被收起来的"雏饰"人偶，表情沉稳地略微侧头说："奇怪，你的问题我应该回答过三次了啊。"

"圆紫大师的神机妙算可不是假的，能者多劳嘛！"

大师苦笑。

"你真是个可爱的信徒。"

"我是'fan'兼'信徒'。"

"伤脑筋，我不确定灵不灵，先替你卜一卦吧。"

我不时端起胡枝花纹路的茶杯喝茶润喉，讲述着漫长的故事。圆紫大师很少发问，只是默默倾听。我将那张教科书的复印本递给他，他也只是审视半晌就还给我。当我快说完时，终于上菜了。圆紫大师提议边吃边说。不过，我能说的几乎都说完了，最后，我补上去矢切徒步时小正与江美提出的假设，就此打住。

定睛一看，圆紫大师一边聆听最后的假设，一边抿紧嘴巴微微摇头。好像很想说"别闹了"，这表示他已经想到答案了吗？

"您怎么看？"

"这个嘛……"圆紫大师边说边拿起筷子，"我们先开动吧！"

我心急之下忘了此刻已过午后一点，被他这么一提醒，我也感觉饿了。

我说了声"那我开动了"，再次看着托盘上的菜色，说："这个和圆紫大师有缘分。"

"你是指什么？"

"缘饭。"

盘中放了一丝紫中带红的草叶。"紫之缘"[54]光是念出来就很优雅。

"原来如此。这个'缘'字，你知道指的是什么吗？"

"紫苏吗？"

"没错。把紫苏和梅子一起腌渍，风干之后再切碎。"

我们边吃边聊。

"名称很风雅。"说到这里，我蓦地想起，"有一种长崎蛋糕也掺了红豆，看起来发紫。"

"哦？"

"蛋糕的盒子上还写着'一抹紫意令人望着武藏野之草心生爱怜'。"

"真是匠心独运，连盒子都有呼之欲出的韵味。"

我们点的菜，无论生鱼片或烤鱼的分量都很少，对于胃口小的我恰到好处，但我有点担心圆紫大师没吃饱。当店员送上餐后甜点香草冰激凌时，大师说："说到匠心独运，我的落语……"

"对。"

"我把失踪的'德利'改成只有一个不见了。你注意到了吗？"

———

(54) "缘"亦指紫色或紫草，出自《古今和歌集》"一抹紫意令人望着武藏野之草心生爱怜"，有爱屋及乌的意思。

"嗯——女佣正要把'御神酒德利'从盒中取出时，听到有人喊她，于是拿着其中一只酒瓶去厨房，顺手往那里一搁，就去做别人吩咐的差事，把酒瓶忘了。等她猛然想起，赶回厨房时，瓶子已经被掌柜藏起来了。她发现瓶子不见了，非常害怕，只好把剩下的另一只酒瓶放回盒中，佯装不知情。"

"被你这么细细说来，情节设定好像很啰唆。"

"不会。"我摇摇头，"我说的大纲和圆紫大师说的完全不同，大师很懂得掌控节奏，每个场景与人物都历历在目。事情闹得那么大，八成有人拔腿就跑，嘴里猛说不知道，推得一干二净，说着说着，自己也觉得自己毫不知情了。在那个段子里，女佣只让人觉得又好气又好笑，但要是现实生活中真有这种人，那可就麻烦了。"

"我想也是。"

"所以两个'德利'中只有一个不见了，更能营造出不可思议的感觉。"

"对，这也是我的用意之一。如果是小偷偷走的，应该会拿走两个。成对的东西只偷一个没有意义。于是，老爷面对剩下的'德利'，脸色发白又纳闷地说'怪了怪了'。当东西找到时，掌柜的解释是所谓的'神隐'[55]，老爷这才释怀。"

---

(55) 原指小孩或姑娘忽然失踪，老百姓相信这是山神或天狗作祟。

秋花

"对。"

"这样掌柜才能在占卜时放下仅存的那只酒瓶，说什么'德利大仙正在召唤'。"

"说的也是。"

"不过，我最想表达的还是失落感。成对的东西少了一个，人难免会在意，甚至会觉得剩下的那个在召唤另一半。"

"……"

"更何况是人消失了。而且，更何况……"

圆紫大师说到这里便打住，露出整理思绪的表情，同时吃起冰激凌。蓦地，他抬起头说："'御神酒德利'这个词，你知道用来形容什么的吗？"

"知道。"

感情深厚的两个人，无论到哪里都形影不离的两个人。

4

我们用完餐点，圆紫大师立刻说："从这里到你家那边，坐出租车大概需要多久时间？"

我迟疑地说："大约二十分钟吧。"

"拦得到车吗？"

"百货公司前面随时都有车在排队。"

"今天是假日，那位和泉同学应该也在家吧？"

"不知道。不过应该在吧……"

我已经不知道究竟该怎么应对。她闯进了我的生活圈，就好比电视上的人忽然出现在我家客厅那样，感觉非常不现实。然而，一切就这样发生了。

"方便的话可以请你带路吗？我知道突然这么要求会很麻烦你，但改天再来也很麻烦。"

该惶恐的应该是我，因为大师即将替我解决苦恼我一个多月的疑惑。

从百货公司七楼乘电梯下楼，到坐上计程车后，圆紫大师一直表情严肃。车下了国道，中途拐进老路驶入我家所在小镇。在阴郁的灰色天空的笼罩下，小镇看起来也像个闷闷不乐的隐士。

因为出租车直接开到家门口我会有点不好意思，便提前下车了。

"你一直住在这里吗？"

出租车离开后，圆紫大师环视毫无特色，只有民宅、围墙和篱笆绵延不绝的街道，如此问道。

"是啊，土生土长。"

"你从小学就在这一带跑来跑去吧？"

"没错。"然后，我就像在讲自己似的，谦虚地补上一句"只是个没有好山好水的无聊地方……"

圆紫大师用温柔的眼神看着我。

"再过几年，你也会带某人来这里，然后，把自

秋花

己走过的路告诉他。那时，对方会觉得'这条路比世上任何一条路都美'，甚至连这里的一草一木都是。"

我感到浑身一麻。

"会这样吗？"

圆紫大师像神仙般点点头。

"一定会的。"

"——因为'一抹紫意'？"

"嗯。"

当我身边有了"某人"时，去对方的家乡时肯定也会有这种感觉，那个地方必然格外耀眼。

人无法选择出生地，也无法选择生为什么样的人，大概从某个时期起，就得靠自己去培养这个发现时早已存在的"自己"吧。这是一个庞大而令人不安的任务。因此，在这世上，哪怕一时也好，想象有人能完全接受我的一切，能带给我一种如见清泉的安心感。我想，这就是圆紫大师送给年轻的我的礼物吧。

这里，也是那个未来被中断，比我更年轻的女孩的家乡。

因此，大师才会送给我这个想象。或许是为了保护我不遭遇那样的意外，先把一部分未来化成语言送给了我。

5

"津田同学住哪里？"

圆紫大师先问道。

"您要去见她母亲吗？"

"得从她家开始吧。先把那张复印纸搞清楚。不过，第二封信的事情得请你保密，不用特别提起。"

搞清楚——直接去问她母亲吗？这是怎么回事？

"真的是她母亲复印的吗？"

"不，应该是和泉同学做的吧。"

"可是，被烧掉的课本不可能被拿去复印。"

"那当然。不过，亚当·斯密应该可以出现两次吧。"

"两次？"

"是的。这一点你应该比我更清楚。"

我不懂。不管怎样，我还是替大师带路，经过我家门口，在第四个拐角左转。那是一条两辆车可勉强会车的小巷，路面吸收了雨水，仍是湿的，处处还有小水洼。冬青树篱很快就在眼前出现了，从树篱下探头的秋海棠已知秋的远去，徒留犹如烧剩的仙女棒般分杈的红茎，以及零星绽放的粉色小花。

"那该怎么跟她说？"

"照实说就好。请你把那张复印纸的事告诉她。之后，我想向她确认一件事。"

我站在玄关，按下老旧的白色门铃，津田妈妈立

187

刻现身。

瘦长的脸形和津田学妹极为相似，五官比津田学妹更立体。班主任曾经说津田的脾气"颇有乃母之风"。做父母的无法选择赐予什么，却会遗传给孩子种种性格。那些隐约浮现于眼底的点点斑纹，流向眼角的几条皱纹，当津田学妹超过四十岁时，它们应该也会出现在她的脸上吧。

"不好意思，冒昧来访，方便打扰一下吗？"

我先客套寒暄，然后介绍圆紫大师，表示他是大学文学系的前辈，承蒙他多方指导。然后，我把那张塞进我家信箱的复印纸及和泉学妹的情况告诉她，还把实物拿出来给她看。课文空白处的涂鸦和批注的确是她女儿的笔迹，津田妈妈狐疑地拿起那张纸仔细打量。

"这位女士担心这样下去，那位和泉同学不知道能不能恢复正常的生活，因此，在偶然的机缘下找我探讨此事。在您心痛未愈之际又来打扰您，实在万分抱歉，但我有点事想请教您。"

津田妈妈抬起脸，用坚定的语气说："好，既然如此，有什么事您尽管问。我想您也听说了，和泉同学在上小学以前就是真理子的朋友，我向来叫她'利惠'。只要对这个孩子有帮助就好。"

圆紫大师道声谢谢，轻轻把手伸向那张复印纸，说："首先是这个，我认为除了和泉同学没有人会这么做。"

津田妈妈爽快回答:"我想也是。因为那本书在这个孩子手里。"

6

这句出乎意料的话,令我张口结舌。圆紫大师倒是稳如泰山、纹丝不动,脸上的表情就像听到理所当然的事。这一点再次让我惊讶。

"是她要求'拿一样纪念品'时拿走的吧?"

"对,她拿了一本课本。"

她不可能拿走,那本书早就烧掉了。可是,圆紫大师紧接着又说:"还有,事发前的那十天左右,她们是不是在家里忙着做什么东西?"

津田妈妈虽然露出"你怎么知道"的表情,还是给予肯定的答案。接着,圆紫大师又问"是不是这样的东西"时,这次又猜对了。

眼前好像有一盏不可思议的走马灯在转动,我只能目瞪口呆地看着。

"我明白了。和泉同学的确为了令爱的事,为一个很严重的问题苦恼不已,明知有一天非说出来不可,但她在父母及我们面前都说不出口,于是越来越有口难言,好像无法替自己剖腹,只能任由病魔侵蚀身体，严重到病入膏肓的地步。"

　　想当然耳，津田妈妈立刻问"是什么问题"。

　　"据我猜想，应该分毫不差。不过，此事不能仅凭臆测断言。等我向和泉同学确认后，再带她来府上。想必和泉同学自己也正期待着'动手术'。即便痛苦，但只要一天不了结，就无法从现在的状态前进一步。"

　　我们离开后，我再也忍不住满腹疑问："和泉学妹怎么拿得到那本应该被烧掉的课本？"

　　"已经烧掉的东西当然拿不到。"

　　"可是您刚刚……"

　　"津田妈妈可没说那本书是《政治经济学》。"圆紫大师若无其事地说，"你的年纪离高中生比较近，应该更清楚，我们那时候也是如此，《世界史》也会提到亚当·斯密。"

　　"啊！"

　　"只要把津田写在《世界史》课本上的批注贴在自己的《政治经济学》课本上，不就变出一本早已不存在的津田的课本吗？批注和涂鸦都写在空白处，正文部分只画线，至于在亚当·斯密脸上涂口红这种小事，谁做都一样。"

　　"您是说，津田妈妈……"

　　"对，她大概以为那是从《世界史》复印下来的吧。毕竟《政治经济学》已经烧掉了。"

我瞪着圆紫大师半晌，才说："您从一开始就认为和泉学妹去要的'纪念品'是'那个'吗？"

"没错。对我来说，这是唯一能把不存在的'津田的《政治经济学》课本'复原的方法。那么，拿走《世界史》课本的人会是谁呢？脑中浮现的第一人选当然是和泉同学，再加上她曾经去索取'纪念品'。这两条线索加起来得出的结论只有一个。"

我一边无意识地抚摸冬青树篱在黑暗中闪闪发亮的叶片，一边问："和泉学妹是原本就打算这么做，才特地去讨纪念品的吗？"

"这个嘛，先后顺序不得而知。她八成认定是'看不见的手'杀死津田同学的，所以才会无意识地拿走了《世界史》课本。"

这句话骇人听闻。

"津田学妹——是被杀死的吗？"

"在和泉同学看来显然是。"

"这么说的话，那封用片假名写的匿名信也是……"

"应该是吧。我想是因为没有人谴责凶手，所以她终于忍无可忍。"

之后的发展想必是"单凭臆测不便断言"。然而，只靠这些奇妙的片段究竟能拼凑出什么样的图案呢？

圆紫大师缓缓迈步说："你能把和泉同学找出来吗？"

"可以。"

秋花

"那么，有没有哪里的咖啡店可以让三个人坐下来好好谈一谈？"

那得朝车站的方向走一段路。我一边思考一边拐弯，在我家门口发现一道人影。对方正向我家的某个人仓皇鞠躬，然后转身朝我们这边快步走来。她是和泉学妹的母亲，一头短发、颧骨高耸的男性化脸孔，犹如迷路小孩般带着不安与焦躁的神色。

和泉妈妈发现了我，瞪大了眼说："天哪，我才去过你家。你家人说你出门了……"

"对啊，我刚回来。"

和泉妈妈不等我回答，就打断我说："有没有看到利惠？"

我边摇头边说："没有，她怎么了？"

"她早上骑自行车出去，到现在还没回来。"

听到和泉妈妈这么说，我大为失望。

"是吗？"

这样就无法让她与圆紫大师当面谈一谈了。她会出门这件事本身倒是没什么好奇怪的，以她最近的行为来看大有可能。或许是看穿我这种想法，和泉妈妈焦躁地晃动身体、提高嗓门说："问题是，她的桌上摊着日记，她已经一个月没动笔，现在却写着……要去见津田同学。"

7

这句话仿佛在脑中炸开，我有好一阵子无法思考。

和泉妈妈好像没看到站在一旁的圆紫大师，撂下一句"我去津田家问问看"，便匆匆离去了。

"怎么办？现在该怎么办？"

"你先冷静。现在还不确定会变成什么样。"

我低下头，撩起额前刘海。

"早知如此，我是不是能替她做点什么？"

"听着，你不如往天一黑她自然会回来的方向想。你现在着急有什么用？"

"那么，"我看着圆紫大师，"我现在能做什么？"

圆紫大师毫不迟疑地回答："思考。"

"思考？"

"和泉妈妈说她是骑自行车出门的。你能不能想想看，有什么地方可以让她去'见津田同学'？"

想想看、想想看。圆紫大师的声音在耳畔回响。

"这种事我怎么知……"

说到一半，仿佛黑夜必然会迎向早晨，脑中蓦然浮现一条河流。圆紫大师似乎看穿我的表情，问："怎么了？"

"……江户川。"

骑自行车。对，那是她和津田学妹在温暖的春日骑车出游的地方。和泉学妹曾把那段回忆描述为像在

193

做梦。不仅如此。她不是说有个约定吗？"等秋天还要结伴再来"。现在，秋天快过去了。

我在矢切的渡船头，得知那条河是江户川时，某种模糊的念头掠过心尖。现在回想起来，难怪我会失声惊叫。掠过心尖的原来是和泉学妹说过的话。

我把那件事告诉圆紫大师。他当下就说："去看看吧。"

"光是单程就有一段距离。最好开车……"说到一半，我皱眉，"啊，今天我爸出去工作了。"

"他把车开走了吗？"

"没有，车在家。"

"那可以借用吗？我来开。"

"那太好了。"

我走进玄关，向母亲引见圆紫大师。

母亲看过大师送的签名板，也在电视上看过圆紫大师的表演，还知道我今天去文化会馆听圆紫大师的落语表演。可是，大师本人突然出现，她依然非常吃惊。

虽然不至于把大师当成拐骗宝贝女儿的老男人，但她还是用对待恶意推销员的眼神朝身穿外套的大师打量了半天。我简短说明和泉学妹与圆紫大师的事，但母亲好像还是难以放心。不管怎样，总不能为了获得她的理解而耗到天黑吧，于是我硬生生抢过父亲的车钥匙。

圆紫大师见我要冲出门，便说"你把裙子换掉比较好"。趁圆紫大师检查车况，我换上牛仔裤，鞋子也换成了球鞋。

　　五分钟后，载着圆紫大师与我的车切过四号国道，沿着沉入灰色的道路，朝东疾驰而去。

秋花

第八章

1

通往江户川附近的小镇是一条笔直的道路。和泉学妹说过，春天她们曾经来过此地。如果她想遵守"约定"，一定会骑自行车走这条路。

或许是因为这条路与辅路交叉，两侧的房屋疏疏落落，却不见车流量减少。这条路谈不上宽阔，越过小河以弧线前进，路面变得更狭窄。骤雨猛烈敲窗，天翻地覆地下了一阵子，终于止住。我坐在副驾驶座，望着骤然出现，旋即又被抛到脑后的风景。

当我们经过一栋背后是苍郁树林的老房子前，浓密的树梢上出现一抹白影，是一只鹭，与阴霾的天空相映衬，令人仿佛置身寒冬。

走了六七公里后，我们来到一个丁字路口。

"走哪一边？"

我被这么一问，也在瞬间迟疑了一下，然后说："那就……先走左边。"

江户川应该在附近。前方河水的流向从左往右，到此为止我很确定，不过和泉学妹会从哪一头转弯上河堤就不得而知了。除了靠自己找出答案，别无他法。

车往前开了一阵子，连绵的住宅的尽头，终于出现了犹如长城的河堤。

"在第一个拐角转弯吧。骑自行车的人应该会这么做。"

圆紫大师还没说完，眼前的右侧就出现了一条相当宽敞的路。车放慢速度，拐进那条路。左边出现养牛的农家，那条路与河堤平行，对面是整片农田。圆紫大师把车靠边停稳。

"下去看看吧。"

河堤比二楼的屋顶还高，像是混合了橘黄与绿色的调色盘。地面的杂草和泥土沾满露水，我们才走几步鞋子已经湿了，脚尖沾上了枯草碎屑和叶子。

我们爬上堤顶，宛如从墙边探出头，视野豁然开朗。矢切虽然有高尔夫球场，不过从这里一直到下游最远处的水面只有无垠的河川地，是一片覆满芦苇与芒草的荒凉风景。河岸点缀着一丛丛灌木，那一带隐约笼罩着雾气。除了晨雾，在现实生活中，《源氏物语》中的"夕雾"[56]几无可能亲眼得见。唯一一次例

---

(56)《源氏物语》第三十九卷卷名，也是书中人物之名。

　　　　　　　　　　　　　　　　　　秋花

外是我小学时见过的浓稠如牛奶的夜雾。不过，印象中我不曾看过午后的雾。

雾气在河面上骤然变浓，对岸一片迷蒙，但眺望河川地和河堤并不成问题，似乎因为有人定期修整，杂草并没有长到没过高中生头部的高度。当然，如果躺在草丛里，自然不会被发现。要是和泉的思虑如此周密，那我们等于大海捞针，根本没可能找到她。

视野中没有任何人影，也没看到自行车。

我顺手抓着外套的纽扣一边扣上一边说："没看到。"

"接下来才是重头戏。"圆紫大师指着河堤上细细蜿蜒的柏油路，"只要上来这里，可以到任何地方。"

没错，河堤四处连接着斜坡道，可从底下推着自行车上来。只要上了河堤，接下来的路就很适合骑行了。

"再往前走走看吧。"

我们下了河堤，上车往前开了大约一公里，从那里再次环视河川地，可惜毫无所获，于是又往前开了一公里，在河堤上步行了一段路。

底下的马路有车经过，我们目送车远去才发现前方有柿子树。里见公园的老板娘说得没错，整棵树光秃秃的，树干与树枝宛如黑墨勾勒，残留的果实就像被遗忘的花朵，装点亮丽的色彩。

"要听听我的想法吗？"

圆紫大师冷不防说道。是他改变了主意，觉得在我这个第三者面前就算说出来也无妨，还是看到我走在寒冷堤道上的身影，不想让我继续摸不着头绪地追踪？

"好。"

我回答之后，有点害怕了起来。

"其实非常简单。你不是说有五件外褂，但查不出另外三个人吗？"

"对啊。"

"查不出来，是因为根本不存在吧。"

"不存在？"

"是的。你说外褂是个'可以理解的答案'，对她们来说也是如此，因为这么说不会被怀疑。"

"也就是说，那是唬人的？"

"是啊，根本没有一群人要穿。她们一开始就不打算做外褂。"

"那要做什么？"

"这时候，再加上铁管。"

"咦？"

我不禁提高了嗓门。

"拿铁管决斗，想必是情急之下才做出的举动吧。她们想避人耳目，所以没把铁管带进集体宿舍。比如，先把它藏在水池底下，利用睡前的几个小时拿出来，心想'差不多可以开始了'，不巧老师意外出现，情急之下她们只好模仿古装剧打闹，情况很可能是这样。"

"……'差不多可以开始了'是什么意思？"

"你说呢？重点就在这里。铁管的长度，足以让女孩子当作刀剑挥舞。你想应该有多长？"

我停下脚步，不知不觉张开了双臂。

"一米……再加几十厘米吧。"

"没错。"

圆紫大师看着我张开的双手，同时补充："你说的双幅布宽差不多也有一百四十厘米吧？"

2

我放下双手问："那有什么关联？"

"很明显。她们说外褂要做五件，由此可推算出布的长度吧。"

"是，虽然长度会差很多，不过起码有十米吧。"

"我想也是。好，宽一米四、长十米左右的布，还有两根长度与布幅相同的铁管，这两人负责的又是文化祭的装饰工作。最后，其中一人还跑去天台，这样看来，答案只有一个吧。"

听到这里，答案已明确无疑。

"……是垂挂的条幅吧。"

圆紫大师问过津田妈妈这两人有没有"类似在长布条上写字"之类的举动，原来是在确认这个假设。

　　"是的。她们偷偷制作'欢迎光临第 × 届文化祭'的条幅，大概想让学生会的人大吃一惊。铁管用来穿过条幅的上下两端，而那块布只要折好就跟床单或毯子一样大，我想应该能直接被带进集体宿舍。至于铁管，应该是预先藏在水池下方，等到有空时，再找机会取出。就在这时，老师出现了。"

　　两人只好装傻蒙混过去。我可以想象那个情景。

　　"等到自由活动时，她们大概想把条幅垂下来看看效果。我猜是津田同学主导的，动作快的话三十分钟就能搞定。为了给大家一个惊喜，得趁周围没人时挂。所以，只有这个时段才有机会。重点是，既然是自制的东西，一定想尽快从天台放下来看效果。她们从预先打开的教室窗子爬进去，津田同学拿着条幅上楼，用早就准备好的钥匙打开天台的门，为了保密还把门锁好了。她们大概是打算在文化祭当天把条幅挂在教学楼外侧吧，不过试挂还是要选择不太显眼的中庭。津田或许在找适当的位置，或许只是想浸润在月光下——我个人觉得是后者，于是在天台走了一会儿，结果被老师看到了。"

　　圆紫大师瞥向隐藏在雾气中的遥远对岸。

　　"这两人向来形影不离，唯独这时候不得不分开，肯定是因为其中一人需要从远处检视成果。和泉同学见条幅迟迟未放，大概内心焦急，昏暗的教学楼中只有她自己一个人或许也令她紧张不安。另一边，津田同学找好了位置，用腹部抵着栏杆，她想起口袋里的陶瓷玩偶，那是易碎品，以防万一，她用手帕把它包好放在一旁，然后把条幅垂了下去。因为怕铁管撞到墙壁或玻璃窗，所以她的动作很慢。和泉应该是从对面教学楼的三楼或三楼的教室望过来吧，这时，津田所在的教学楼一楼的灯亮了，她吓了一跳却不敢出声，估计比出了打叉的手势或用手指着灯光吧。但是，津田同学没有理解她的意思。一楼的人一定是老师。和泉怕挨骂，慌慌张张地跑过走廊，来到条幅底下的窗口。"

"……她拉扯条幅打暗号。"

我压低嗓门说完这句话后，立即捂住了嘴，仿佛这样能把话吞回去。圆紫大师点点头。

"津田找不到和泉，于是也探出身子往下看。想必就撞上了最糟糕的时间点。"

我默然垂首，望着湿得发黑的柏油路面和自己的脚尖。圆紫大师继续说："如果楼上及楼下的人对调，结果就会不一样。换作是津田看到灯光，或许不会紧张，大不了让老师骂两句，但是落单的和泉则会为了找津田气喘吁吁地跑过来。灯光正沿着楼梯逐层点亮，渐渐逼近楼顶。她想尽快通知津田，冲动之下伸手用力拽住条幅，或者从三楼窗口一边小声呼唤一边拉扯条幅。津田压根儿没想到会变成这样，站在楼上的姿势很不稳。她伸直腰杆探出身子，只要有人在条幅上稍微发力，顶着她腹部的栏杆就会变成杠杆，相当于被人使出了投技(57)这一招。津田的鞋子掉了一只，留在天台，身体翻了个筋斗往下栽，随着尖叫声从和泉的眼前掠过，和泉的手里徒留那张条幅。"

真是令人脊背发凉的想象。

3

"和泉当场愣住了，就像中了妖魔的埋伏，可怕的命运在瞬间袭来。她抓起条幅落荒而逃，脑袋里一团混乱，无法思考。她沿着来路狂奔，翻越教室的窗户。津田上天台肯定带着鞋，但和泉不用上楼，八成脱下的鞋子还放在窗户底下。她穿上鞋，再把条幅藏在花坛后面，蹲在阴影中，直到大家都赶来，这时大家的视线当然都集中在中庭，此时，她才起身加入同学，朝津田那边走去。然后，她终于撑不下去，就这么昏倒了。"

"之后，因为没有人怀疑她，她也就找不到机会开口。"

---

(57) 相扑或柔道、摔跤的技巧之一，以腰部回转为轴，将对手撂倒。

秋花

"应该是吧。一条人命，而且是从小形影不离，某种意义来说是带领她前进的好友的生命，虽然是无心之过，但对方的生命毕竟毁在了自己手里。不难想象，战栗、恐惧与愧疚必定排山倒海而来。她很清楚'非说不可，沉默是不可原谅的'，却又忍不住销毁证据。这也让和泉更自责。她在同学、老师及父母面前都开不了口，从而失去了机会，事到如今更是难以启齿。于是，她变得越来越孤独，封闭在自己的壳中。

"这时候，她想到了你这个既是局外人，又认识她们俩的学姐。之后她的做法可以说相当迂回曲折。"

圆紫大师转身回到马路上，我也尾随其后，说："条幅就是'看不见的手'吧？"

"是的。每当想到那起意外，这个词就像一种象征，在和泉同学的脑海中不断回响。她挑《世界史》当'纪念品'时，不知道是否已有拿去复印的打算。不过，看着那段描述'看不见的手'的批注，想到津田同学的《政治经济学》课本已随之升天时，那个念头就成形了吧——'津田的课本会在天堂揭发我的罪行'。"

这种用剪贴的复印本做文件的事我也常做。如果不想把内页剪下来，就把内页复印下来，剪贴后再复印一次。如果剪贴的痕迹太明显，就用涂改液涂去，再复印一次。这样反复印个三次左右，内容依然很清晰。

"那封用片假名写的信，就是她把那个念头付诸实践的体现吧？"

"对。你已经问起铁管的事，只差一点了，我想她应该希望我们继续追查下去。说穿了，和泉就像玩躲猫猫游戏扮鬼的人，一边忍受躲藏的痛苦，一边在心里呐喊'快来抓我'。"

"鬼"这个字眼的出现格外残酷。对于一个在"那一瞬间"以前还是个无忧无虑的高中女生来说，这个世界就像一只翻了面的手套，已被彻底颠覆了，而她那原本怀有许多梦想的好友也在重重的撞击下死了。本该守护她的月亮与繁星只是默默看着这一切，没有伸出援手。

4

如果早在年幼的两人于津田家树篱前相识的那天，一切便已注定，两人还一路手牵着手，朝着秋夜的那一刻前进，这该多么残酷。津田学妹的死宛如风中凋零的花瓣，多么突然，又多么轻易。

我窝进副驾驶座，抓起安全带，忍不住脱口而出："我们真的有那么脆弱吗？"

圆紫大师停下发动引擎的动作，看着我。他的目光深沉，那是为了回应我而字斟句酌的眼神。

秋花

"很脆弱，但最重要的是我们现在活着。不管活上百年或上千年，最终我们所拥有的是无数个'现在'。正因为生命很脆弱，我们才要抓紧随时会从手中溜走的'现在'，努力思考自己该做什么，渴望成为什么样的人，能够留下些什么。"

"可是……"我说，"虽然努力想做点什么把明天点亮，但如果明天消失了，又该怎么办？哪里会留下那个人'活过'的证据？"

圆紫大师仿佛在搬运珍贵的物品般沉静而缓慢地回答："即便如此，我相信这个人的意志依旧长存。比如对方留下来的绘画与音乐作品，对我来说，不只是画作或音乐本身。哪怕莫扎特的乐谱、相关记载、演奏全部消失了，这世上再也没有人听过他的作品，我相信莫扎特的音乐仍然会留在某处。"

我也凝视圆紫大师的双眼，看了好一会儿。

"嗯，我好像能理解。"

"绘画、小说、诗词，纵然被烧毁，它们依旧长存。只要它们是真的好，不论是在舞台上，我们的表演中，还是芸芸众生在生活中的言行举止乃至瞬间的表情，我相信一定会永远存留。"

说完，圆紫大师面向前方，发动引擎。

车回到丁字路口，朝反方向直行，这一次，河堤出现的时间更长了。住宅逐一消失时，河堤突然出现在眼前。正当我暗想"啊，终于到了"时，左边出现了自动贩卖机，旁边还有条小路。看样子，车应该开得进去。我们左转之后，进入一条坑坑洼洼的道路，车身随之弹跳晃动，路面上还有很多碎石。

路通向河堤边，右拐后向上延伸，几米外竖着一块以红字写着"禁止车辆驶入"的警告牌，还有黑色与橘色相间的栅栏挡着。

圆紫大师面向河堤停车。

那里有一座附有三个转角平台的水泥梯，一路通往堤顶。楼梯旁散落着沾了泥巴的报纸夹页广告。但是，我立刻盯住堤顶的某一点。

汽车开不进去的斜坡顶端看过去仿佛断崖绝壁的高处，浮现出一个宛如以签字笔勾勒的瘦削剪影。那确实是一辆自行车。

用不着我出声，圆紫大师也发现了。我们面面相觑，爬上楼梯。幸好此时的天空已经从云层厚重的阴霾转变为略微明亮的颜色。

我们来到河堤上，透过重重雾气，可以看到右侧的远方那车来车往的长桥。眼前的大片河川地，大概是因为最近才割过草，像是铺了一张巨大的地毯。大概是割草机留下的带状痕迹，让它呈现出浓淡不均的绿色。在河川地尖端的尽头，靠近河水的树木之间，一个穿背心裙的女孩蹲在地上，宛如化石。

秋花

5

从上方俯瞰，河川地仿佛一条地毯，但实际走在河川地时，这里处处呈现出湿地的状态：边走边响起踩着湿海绵的啪吱声，鞋子陷入黑泥中，一抬脚，地面就形成一个鞋状小水洼。大师的皮鞋早已惨不忍睹，但我们还是尽量选择最短距离，朝那个嫩绿色背心裙靠近。

和泉学妹在我们就差十米的时候转身。她那黑白分明的清澈眼眸，在稀疏的眉毛下睁得更大。然后，她反弹似的站了起来。几乎泡在水里的嫩绿色背心裙自膝部以下完全湿透，变成了深绿色，上面还沾满了草叶与泥泞，沉重地晃动着。她顿了一下，默默无语地朝河川跑去。河的远方雾气沉沉，是一片无垠的未知世界。

我的心脏一紧，几乎停摆。

"津田同学她……"

圆紫大师的声音和平常截然不同，听来低沉却清晰。那是足以吸引数百名听众的声音。

和泉学妹停下脚步，扶着灌木丛，眼前就是河水汹涌的江户川。她战战兢兢地转过头面向我们，想听下文。

圆紫大师不慌不忙地迈步上前。

"津田同学不在那里，你明白吗？津田同学一直都在这里，她一直是这样的女孩吧！"

和泉学妹微微张口。

河川地宛如盆地，天地的底部仿佛只剩下我们三人。

风吹动了河面上的雾气。

和泉学妹放开了树丛。

我始终站在原地。

时间的齿轮好像生锈了，唯有圆紫大师静静地步行。走到灌木丛的这段路，恍如永无止境的旅程。圆紫大师抵达终点，悄然伸手握住那纤细手腕的瞬间，和泉学妹闭上眼，说："你是警察吗？"

她的脸上露出近乎解脱的表情。

圆紫大师嗫语般问："拉扯条幅的是你吧？"

和泉学妹依旧闭着眼，老实地点点头。

"那条幅呢？"

"在 …… 我 房 间 的 …… 橱柜 里，…… 装 在 纸袋中。"

她确实得接受警方的侦讯，但对于现在的她来说，这样应该最好吧。我不清楚她要为自己的过失负多少责任，在法律上，她应该不会受到制裁吧。然而，她的心必须接受惩罚。

天空某处的云层分裂，阳光如丝带般洒下，从刚才就浓淡不一的天空，淡色的部分开始染上美得撼动人心的水蓝色。

是阳光吗？晚秋的天空中仿佛传来云雀高声的鸣

秋花

叫。芳华早夭的女孩若在天上，愿她守护着和泉学妹以及我们。

6

真相和之前的空想相差了十万八千里，想想真是可笑。

圆紫大师把那辆自行车抬下河堤，放在不挡路的地方锁好，之后再回来取就行了。不过，把和泉学妹带上车之前，我犯了难。她淋了好几次雨，又坐在潮湿的河川地，要是弄脏车上的坐垫，我肯定会被爸妈骂，我的眼前出现了这种和紧急情况极不搭调的尴尬问题。我打开后备厢，幸好里面有几张旧报纸和一个Ito Yokado超市的塑料袋。我把报纸铺在后座，本想撕开塑料袋摊开，但扯了半天也扯不开，无奈之下只好就这么铺上。

我坐在和泉学妹身边，这是我第二次看到这女孩淋成落汤鸡。或者正因为今天天气也不好，她才会大老远跑来江户川用淋雨折磨自己，这么做难道是为了稀释内心的痛苦吗？说不定她还做了其他类似的自虐行为。即便如此，她仍未不支倒下，多亏了那无可取代的年轻吧。

我把手帕递给和泉学妹。她擦拭头发和脸，在我的提醒下又从领口伸进衣内，擦拭碰得到的范围。

我们在经过的一家便利店前停车，圆紫大师问和泉学妹，并抄下她家及津田家的电话号码，然后叫我先打去和泉家。

"请告诉她家人我们已经找到她了，还有，我们会先去其他地方再送她回家，请他们别担心。"

电话是和泉妈妈接的。我告诉她人在江户川，她愣住了，然后一遍遍重复地恳求道："不好意思，拜托你们了。"

等我回到车上，这次换圆紫大师下车，他替我们俩买了杯装热奶啡。我边喝边望着圆紫大师打电话的背影。他和津田妈妈的这通电话讲了很久。

望着他的背影我逐渐明白，之前的解谜只不过是小孩子的游戏，今后该怎么做才是真正困难的问题。

7

午后的阳光照耀着湿漉漉的城市，房屋屋顶与树林闪闪发亮，熟悉的风景像是被冲洗过那样美丽。

我们的车滑行至冬青树篱前停下来，圆紫大师替和泉学妹打开她那边的车门。当她发现这里是何处时，顿时吓得脸色发白。不过，在我们的催促下她还是像个木偶般下了车。我站在她身旁。

玄关门一开，津田妈妈探出头来，那张脸流露出一种坚强的意志。

和泉学妹赫然一惊，视线低垂、浑身僵硬。

圆紫大师朝我使个眼色，我把手轻轻放在她肩上，她依旧低着头，拖着脚步往前走。大师见我们跨进大门，这才回到车上等候。

我们在走廊上被带往一个收拾得很整齐的九平方米多的大房间，屋内的横梁上挂着一幅复制画，画的是傍晚时分，一个正在穿针引线的女人。房间的窗帘放了下来。

津田妈妈不发一语，站在和泉学妹身后，把她的背心裙肩带往下拉。和泉吓了一跳。津田妈妈替她脱掉身上那件嫩绿色背心裙，将较脏的部分朝上折好，放在一旁。和泉脚上的奶油色袜子也吸饱了水，一触碰，她就默默躬身，把脚抬起来。

我感到无可置疑的年龄差距。台风那天，和泉学妹身上的湿衣服是我让她自己脱掉的，替她换衣服这种事我做不出来。随着她的心防被解除，我发现她好像有哪里不一样了。

她身上的衬衫也湿透了，闪着水光，贴在肩头和手臂上。津田妈妈的手指碰到衬衫上的纽扣时，她微微颤抖起来。但，津田妈妈毫不迟疑地从上往下逐一解开。

纤细的手臂与雪白的背部和腰部逐一出现，和泉以手覆胸。当最后一颗纽扣被解开的瞬间，她宛如新生。那个秘密立刻被大浴巾包裹，她只露出了小猫般的脸庞，任由津田妈妈来回擦拭她那冰冷的身体。

和泉学妹的颤抖逐渐激烈得无法控制。她的眼睛死死地盯着房间角落的袜子、内衣、白T恤、无限蔚蓝的荷叶裙，动也不动。

就连大家都哭了的那天也哭不出来的双眼终于溢出了泪水，如断了线的珍珠。

8

我走出大门，圆紫大师坐在驾驶座上，似乎在远望云端。我钻进副驾驶座，好一阵子也露出相同的表情。

"冬青的叶子……"

圆紫大师如此说道。

"对。"

"小时候，我们会用它做草鞋，像小小的人穿的草鞋。"

虽然不清楚做法，但他这么一说，也勾起了我的回忆。我指着绿叶之间寥寥无几的小花。

"听说，津田学妹她们把秋海棠的粉红色与黄色的部分当成樱花松和炒蛋，玩过家家。"

"原来如此。"

两名看似小学一二年级的小女生快步跑过车旁，短裙的裙摆翻飞，大概是看到天气放晴再也坐不住了，打算跑去哪里玩耍吧。她们天真无邪的高亢嗓音，在雨后的道路尽头渐行渐远。我望着蓝天，问："来这里，是因为只有津田妈妈能原谅和泉学妹吗？"

圆紫大师沉默了一会儿，然后说："那种秋海棠的别名你知道吗？"

我倾头不解地说："不知道。"

圆紫大师温柔微笑。

"那我换个问题。永井荷风[58]把自家称作断肠亭，这个你知道吗？"

这次我可以回答"知道"。他的日记就是著名的《断肠亭日记》。我好歹也是文学系的学生。

"你知道为什么会起这个名字吗？"

我被问住了。

"这个嘛……"

"因为院子里种了断肠花。"

"也就是……秋海棠？"

圆紫大师颔首。那种模样可爱的花，怎么也没办法和这个名字联系到一起。

"是肝肠寸断的相思之花吗？"

---

(58) 永井荷风（1879—1959），小说家兼剧作家，别号断肠亭主人。

"是的，很意外吗？"

"对呀。"

"据说是思念故人为之落泪，从泪水中长出来的花。"

"……"

我长到这么大，从不曾从这个角度看待过这种花。我压根儿没想过这朵小花竟然还有那样的别名。

"你刚才说到'能原谅——'是吧？"

我赫然一惊，不知如何回答。

"你还没当过母亲，不知道那时候你会怎么想。不过，如果是我，即使知道那是意外，不能怪任何人，还是做不到'原谅'。只是……"

我机械地重复："……只是？"

"可以救赎。而且，我认为非救不可。为人父母都会这么想。"

玄关门开了，津田妈妈走了出来。圆紫大师摇下驾驶座车窗，津田妈妈缓缓走到车窗边，静静地说："……她睡着了。"

导读
日常之谜：正视身边的人和生活细节

1987年，是日本新本格推理的"元年"。那一年，绫辻行人带着《十角馆事件》横空出世，打破了自松本清张以来推理文坛被社会派统治的局面，将轻松、娱乐、想象力重新带回推理小说中。

接下去的短短三年，涌现出了一大批富有才华的年轻作家，如法月纶太郎、我孙子武丸、麻耶雄嵩、歌野晶午、折原一、二阶堂黎人、有栖川有栖等。接下来的十几二十年里，他们的新本格推理作品一直是推理市场上的中流砥柱。有趣的是，在这几年里还有一位刚刚出道的新人，他一开始在新本格赛道竞争，多次尝试后开始主攻社会派，最终凭借超强的写作技巧和精彩的写作主题成名，他的名字叫东野圭吾。

可见，日本的现代推理自1987年以来始终是用社会派和新本格两只脚在前行。社会派低头，目光凝视脚下的土壤，观察残酷社会中的真实人性。新本格仰头，用想象眺望浩瀚星空，构筑奇思妙想下的理性世界。

1989年，日本推理界的传承正在延续，新一代的推理作家势头正盛，泡沫经济也来到了历史最高点，一切欣欣向荣。就在这一年，有一位不愿意透露真实身份的作家发表了一本推理短篇集《空中飞马》。

这是一本看起来平平无奇的推理作品，它并没有通过经济、阶层、官僚等因素来反映很深刻的主题，也没有夸张的、天马行空的诡计，甚至没有出现恶性刑事案件。恰恰相反，这是一本恬淡的"日常之谜"。

——没有仰视，也非俯视，而是正视出现在身边的人和发生于日常生活里的谜题。

一年后，日本泡沫经济破碎，千万普通人的生活一夕之间发生翻天覆地的变化，但生活还要继续。除了控诉无情的社会机器，或埋首让自己感到舒适的乌托邦，那种缓慢的真实生活、平淡的一日三餐、最小单位的人和事，虽许久未见，却同样重要。1990年，《空中飞马》的同系列续作《夜蝉》获得日本推理作家协会奖，标志着主流推理文坛对"日常之谜"这一类型的认可，受到《空中飞马》感召而进行创作的推理作家和作品也开始变多。

如今，日常之谜依然属于小众，但它诞生之初便从大开大合的"虚构推理"中脱颖而出，几代日常之谜作品中呈现的不同时代下普通人的"真实感"，能让读者有极强的代入感。看这些书，仿佛我不是台下的观众，在看一场舞台上聚光灯下年代久远的经典推理秀，而是故事就在刚刚发生，就在我隔壁的座位。

我在十几年前就读过北村薰的"圆紫大师与我"系列，当时的我极度沉迷《××馆杀人事件》这种类型的小说，当我读完《空中飞马》后，第一感觉是"淡"，第二感觉是"怪"。

淡，是因为书中没有发生任何"值得一提"的大事。作为一本收录多个短篇的推理小说，谜团居然都围绕着"为什么她要在红茶里面加那么多糖""做梦梦到一个没见过的历史人物""车上的椅套怎么不见了"这种生活中随处可见的小事。而且，主人公也并非什么了不起的私家侦探或屡破奇案的孤僻天才，而是一个名为"春樱亭圆紫"的落语大师，相当于我们中国的相声演员。虽说他小有名气，专业技能过硬，但怎么看都像一个邻家大叔。最关键的是作品的主视角"我"，自然也不是名侦探的助手，而是一个再平凡不过的十九岁大一新生。

怪，是因为违背了对写作结构的预期。我原以为既然是推理小说，那么"日常之谜"重点也应该在"谜"上，但其中有一篇小说，"谜"几乎在最后十分之一处才出现，紧接着落语大师出场，瞬间破解。和其他开篇即有悬念有案件的小说相比，"日常之谜"的重点却是在日常上。

这时我才恍然大悟，"日常之谜"不是"谜之日常"，日常本身是平凡的，只是日常中包含有一定的谜团。它们可能只占日常的十分之一，但也需要你的耐心、细心和关心才能发现，进而破解。

当然，以上都是主题和创作层面的总结，如果要细看，我发现书中即便是微小的谜团，也有令人意外的展开和充满巧思的诡计。而日常部分，女主角和同学、长辈的沟通，她的所思所想，竟如此真实且犀利。

所以看完《空中飞马》，我便很好奇该系列的后续作品，因此第一时间找来阅读。

北村薰的第二作《夜蝉》从收录 5 个短篇，变成了 3 个短篇。而增加的篇幅并没有用于在谜题部分大做文章，而是更加肆意地描写日常的复杂情绪。如果说第一本的主角只是一位单纯稚气的大一学生，这本中升入大二的女主角则和世界有了更深的连接，思考的问题也更加深沉、细腻。

1991 年发表的《秋花》，是这个系列第一本长篇小说。我们一路跟着主角，从大一时的天真童趣、朝气蓬勃，大二时的平静舒缓、略带哀愁，到大三时终于开始直面一个人的死亡，我们不得不长大，接受一些不堪和无奈的事情，即便我们对此早有预料。本作中，"侦探"并没有前置，北村薫依然用日常的笔触，聚焦于平凡个体在历经成长时的失去和寻问。此外，在文本层面，短篇到长篇的变化映射了"成长"这一关键词，如今回头看真的要为作者击节叫好。

系列的第四本《六之宫公主》是其中最特殊的一本，大四的女主角为了写毕业论文，展开了关于芥川龙之介《六之宫公主》的调查。这是真实的历史，但不算未解之谜，硬要说的话，算是"历史日常之谜"吧。在我看来，这也许是"日常之谜"的本质，随着角色的成长，关注的问题随之变化。在伦敦公寓破解皇室钻石被窃的是神探，而在大四的课间思考论文怎么写，是"我"的日常。

"我"的日常？一直读到这本，我才惊觉，我居然还不知道女主角叫什么名字，她一直隐藏于"我"这个人称之后，我们却真实而诚恳地和她一起走过了大学时光。原来，日常之谜写的不是"ta"的故事，而是"我"啊。

系列的前四本，北村薫以一年一本的速度出版。作品中，女主角也是一年一年地成长。但之后的《朝雾》一直到1998年才正式出版，书中的女主角也已经成为一名编辑。时隔多年，再次相遇，就像毕业几年后的同学聚会，有很多东西变了，比如"我"和落语大师不像以前那样频繁联系，比如"我"没有大把时间去读书，比如自我成长型的烦恼变成了工作中的困扰。但有更多的东西没有变，比如《朝雾》回到了《空中飞马》的短篇形式，比如"我"的日常平淡得和大一时一样，比如"我"依然保持对真实生活细节的好奇，依然能发现随处可见的"日常之谜"。

新的成长开始了，生活是步履不停的。从《朝雾》回望《空中飞马》的那一刻给我带来了极强的能量与宽慰。

很少有推理小说能像个好友一样，给予我"陪伴感"，所以当我得知北村薰的这个系列完结的时候十分不舍。

多年来，我也一直在合适的场合推荐朋友这套书，但遗憾的是一直没有简体中文译本出版。

十月底，"轻读文库"的老师联系我，说这套书他们准备引进出版，并且这一次，还有此前未有过中文译本的第六作《太宰治的词典》，这让我喜出望外。

但一上头答应写这个系列的"导读"后，我又有几分忐忑，一方面我真的很想推荐给所有人（不仅限推理迷），另一方面，我又觉得这个系列其实更像一个朋友，一个名为"我"的朋友。

把它带来的是"轻读文库"，真正和它接触交流的是诸位读者自己。与其介绍这位朋友的出生、成就和名气，不如谈谈我自己接触下来的感受。

祝大家享受阅读，享受每一刻日常。

陆烨华

产品经理：杨子兮
视觉统筹：马仕睿 @typo_d
印制统筹：赵路江
美术编辑：程　阁
版权统筹：李晓苏
营销统筹：好同学

豆瓣 / 微博 / 小红书 / 公众号
搜索「轻读文库」

mail@qingduwenku.com